在我的故乡酩酊大醉

周簌 著

江西文化艺术基金扶持项目

长江出版传媒

长江文艺出版社

周 簌

中国作协会员。曾获第8届中国红高粱诗
歌奖、第18届华文青年诗人奖、2020江
西年度诗人奖、第4届江西谷雨文学奖诗
歌奖等奖项，著有诗集《攀爬的光》。

目　录

辑二　小镇生活

辑三　时间无有深情

辑四　隐秘的爱

辑一　在我的故乡酩酊大醉

夜宿九成山舍

在生活的对立面，时间教给我们忍耐
现在，我们在悬崖间的一架玻璃桥上
凭栏。面对一轮落日
有相同的悲伤，脚底是同一个渊口
如果坠落，山头的落日也会跟着
一头栽进渊底浓重的醋坛里
生活的教诲，如同落日的教诲
群山暗影如流，反扑夜空
山涧瀑布在黑暗中
借用了飞鸟的身体，倾巢而出
只听见它们在耳边飞
鼓点密集，击打夜色的绸缎
我们徒有外形，被四月夜晚的暖风吹散
行至盘山小径
皮囊下聚拢的骨骼有秘密的承受
在山顶，星星有碗口那么大
落在你头上，形同铁屑
我们伸手就能在夜色中
握住几滴溅起的鹧鸪声

2019. 4. 8

那枝最洁白的杜鹃

南崆峒①岩壁上，那枝最洁白的杜鹃
你自己来折，插在你的粗瓷陶罐里
那落在微紫苦楝花上的雨
有跌宕起伏、纤细的呼吸
与一面青山正襟相对，我惊悸地
写下了一首诗，惊悸地想你

翠绿，明黄，嫣红，穿过枝丫的阴影
那些闻去，很柔软的松枝的香气
以及跌落一地的猴头杜鹃花瓣
一匹毛色斑斓的虎，在四月的空气中苏醒
微弓发凉的背脊，静娴如处女

当我看到美的东西，我希望你在我身边
希望你能和我一样，感受到这种
人世间的美

2021. 4. 2

---

① 南崆峒为赣州峰山。

时间慢了下来

郁孤台翘起的檐端，榆树的新枝
生得有点凌乱，江水不管这些
拂开它们新绿的乱枝，继续向前，转弯
它平静得像没有流动，它的混浊

带来一个清澈的下午
一只长尾山雀，正啄食苦楝树的果实
另一只嘴衔着枯枝，正忙着搭窝
它们要生一窝幼崽，在适合恋爱的季节
它们爱得旁若无人

我们如此相像，对两只山雀的生活着迷
我们如此相像，喜欢白樱甚过粉樱
我们低温，重情，真诚又怀疑
说最少的话，爱极少数的人
不愿意在一堆人中看风景

我们站在一棵悬铃木下，倏然觉得
时间慢了下来

2021. 4. 3

油桐花开得很白的那个晚上

一个老人告诉我，最冷的那几日倒春寒
是油桐花开放的时候
每次倒春寒，我就想着丫山上的油桐花
开得像去年了吧

油桐花落在黑色污泥中
油桐花清凉地滴在衣领里
油桐花的白色火焰
每一次犹疑地动摇，又收拢
它们说话的声音，很轻很轻
它们想说什么，最终什么也没说

白雅的光浮在半空中
你不必感到为难，我的寂寞不是因为你
油桐花开得很白的那个晚上
我有雪一样的寂寞

2021. 4. 3

云朵的信

郊外如此宁静
一蓬野蔷薇静坐荒野，用隐秘的语言
朗读"不向东山久，蔷薇几度花"
荆棘呈螺旋状繁茂生长

苍鹭从远处起飞，经过塔楼
翻新过的犁沟，以及模糊地平线上的
一个扎着蓝色破头巾的稻草人
山蕨缄默的绿，雀子的婉转欢啼
使这个晌午，泛着心灵微微的疼痛

云朵的信在乡村屋顶缓缓
游离，从生锈的铁栅栏里
递了过来

2020. 6. 6

低垂的花钟

午后，沿着林中的花岗岩路下山
行至半山，遇一湖荇花
蛮横稚气地开，紫叶李结满紫李
每粒果实上面，覆有一层白色的果霜
锦带花低垂的花钟
寂静得像爱过后的新妇

一枝香枫的嫩枝，正贴着流水照镜子
还可以听见，早醒的蝉鸣声激越
以及鸢尾花开过后的宁谧
独自一人穿行在，暮春茂密的林中

几滴雨水，砸落在我前额
瞬间，我感觉自己浑身长满青苔

2021. 5. 28

喇叭花

在南山村，喇叭花潦草地从野地
一直攀附到矮灌木上，拖曳着
阔大的蓝紫色裙摆。
漏斗一样的耳朵
聆听风中的扭臀舞

蔓藤奇妙穿插的针脚
像一幅大自然的礼物，这情景
让我想起我的一位邻居，也是九月
他家后院的喇叭花，安静地开着
那停靠岸边的一片蓝紫色的波澜

轻轻地擦过生活的边缘
这令我羡慕不已，有一次他经过窗前
我正换下胸衣，不远处一件蓝紫色的衬衣
正搭在竹篱排上，滴着水

2020. 9. 28

村 居

这是清晨，刚刚下过一场小雨
晨雾缭绕里，孤零的几栋白房子
与它们的灰色屋脊，朦胧可辨
油菜花满面春风
把打湿了的衣襟，晾在洁净的雾与空气中

早春，我在乡间民宿醒来
倚在寂静的窗边谛听鸟鸣，远山
黛青的呼吸越移越近
几枝桃花，从低矮的农家小院
探出的眸子，冷涩，闪亮

田垄深处雾气弥散，空无一物的样子
像春天占有它们
并在白色薄纱帐中让它们怀孕
只等太阳照耀——
那些油菜花明亮的金黄
在大地的腹中缓缓蠕动

2020. 3. 4

晴朗的一天

蓝色的矢车菊，陷入清晨的恬静与寂寞
巴赫的《哥德堡变奏曲》如耳边振翅的鸟
在飞——
一对光洁的脚踝，踏着琥珀色的潮汐而来
天空，布满金黄的沙粒
这是晴朗的一天。阳光洞穿高窗外的栅栏
光斑缓慢右移，落在雾霾灰的床单上
一只舔着爪子的猫
一个混迹于好人堆里的坏人
同是孤独的物种，他们幸存于世
在每一个清晨醒来并互道早安
而另一些人再也没有清晨

2020. 3. 5

春日行

到处都是蓬松的金黄。凝望着
大地纵深错落的斑斓色块
衔接成一幅巨大的拼图
金色的空气，有化不开的黏稠的甜
那些飞舞的小东西，贴着花蕊嘤嗡

悬钩子的嫩芽从密林里探出
像心怀绝望的人，又活了过来
而鸟窝，安在了一棵开紫花的泡桐树上
穿行在繁花深处，我放弃抵抗

草苔幽绿，在我胸间清脆地鸣响
微风摇碎了花影，飘移着火焰
春日的穹顶之下，我缓慢地走
再缓慢一些。生怕一回头
这条繁花小径，会被远山猛地抽回

2020. 3. 10

向晚十六行

篱落下逐渐暗淡的村庄，自解缆绳
在茂盛植被的簇拥中浮沉
女人的汗味，原野上油菜花的体香
混合成一小片春夜的荡漾

一只柴狗凝望着黑暗，止不住嗷叫
近乎泣涕。直到夜幕厚重
几只暮鸟，还在寂静地盘旋
它们的巢窠，幽闭于一盏灯火

仿佛时光停驻，窄门里的母亲潸然泪下
我伏在清凉的石墩上，已睡醒一觉
梦境里的雷声与花绽，慌张地退到
四野阔大的夜色中

而我剥离我的影子，屏息，深情一瞥
窃取天空里每一个空无的掠影
如一个夜行的归人摇荡在小道上
蓦然抬头，望见闪烁的星辰

2020. 3. 15

秋天的柿子树

它就远远倚在秋的深处
一帧淡蓝的霜风里
果实疏朗垂挂在白墙灰瓦上

柴门半敞，主人已扛锄耕作去了
地平线上，旷野的边界。谁已来过
夹带着秋天的火种，在地平线上
燃起一束温暖的火光

有几颗最好的柿子，像萨福最甜蜜的苹果
在最高的枝端。就留给过冬的鸟雀

2019. 9. 20

簌　园

大片鬼针草攒动着花叶
就要爬伏到屋檐下
两扇木门上的纹路，笨重而清晰
似时光浓缩留下的某种摩擦

苦楝树低垂的金黄果枝上，晃荡着
几只灰雀。而山胡椒茂密的枝丫里
也停着一只鸟，它欢快的啼唤声
跌进毛茸茸的寂静里

这座老房子的呼吸，比我还要急促
它的肺，被嵌入一道昏暗的缝隙
土墙外皮剥落，我看见夯实在黏土里的
稻草梗与木屑，这是它柔软的筋骨
我抬起手，指点江山
靠北墙要种一排紫竹
南墙根，种一棵野枇杷

院门处栽一株桃花，后院挖口池塘
种上莲。我将在这里终老
倘若某日旧友来访，请带上三两月光

两钱清风，还有足以醉倒我们的诗和酒

2021. 3. 5

深秋旷野

一到深秋，我喜欢独自一人
到旷野中去。秋天的植物都有一副傲骨
悲而不伤。我在空洞的阳光下
脱下一件针织外套，像脱下了生活
脚下含着白色小骨朵的野甘草
憋着一股劲头，从不活在别人的看法里
绕过菜垄和一小块池塘，是一片开阔地
以及它的大片荻花和矮蕨抖动的尽头
旷野的寂静刚好够与另一人分享
而她是谁？是否已经出发？
我在脱下了生活的枯黄草径上等她

2019. 11. 5

彻 底

穿过香樟和小叶榕弯曲的绿色拱门
几栋白色的民房前，丝瓜藤干枯地
趴在棚架上，一只黑狗蜷伏于
荒芜的菜垄间，享受着深秋的暖意

她在黄昏时回来，先是门锁被转动的声音
推门之后，她顺手把一串钥匙挂在
门边的挂钩上。而一天时间太长了

我在林间空地上寻找自己，已感到疲倦
我已彻底丢失了自己
连同我想要的理想中的生活

待我起身，缠绕在树干上
葛藤的紫花已彻底落完了

2019. 11. 11

返回旷野

黑瓦飘浮在澈蓝的穹顶
有如一只兰舟倒挂于海面
鬼针花扶着门槛，像一团化不开的雾
惺忪的鸟一样的圆眸，成串挂在苦楝树上
它们跌宕的鸣声，自倾斜的屋顶
滴落木格窗前

我在树影偏移的时候，返回旷野之中
金黄的草垛，在太阳底下流汗
我的全身散发着腐草的霉味
而毗邻旷野的陋居
枯柴噼啪，焚烧着母亲的咳嗽声
我被一缕飘然而至的炊烟，险些呛出泪来

2020. 1. 6

月亮在野

一枚发烧的月亮，它的枝蔓在夜的
帷幕上卷曲缠绕
房顶上一只猫的叫唤有了旧朝的忧伤
深夜时分。是我给你写信的时候
"月亮在野，我心在彼……"

当夏季正在消逝，斑斓的秋天匍匐爬行
一枝银合欢的触须，从背后缠绕我
那只猫对着月亮，彻夜肝胆俱裂地叫唤
像是要把心念，呕在我素白的信纸上

2019. 9. 16

田塝上

田塝上，老掉的芦苇披头散发
黑色的乌鸦，三只或者更多
从芦苇到芦苇，琴键一样跳跃
此刻，我那么想赞美它们
乌鸦，乌鸦——
亲爱的乌鸦
你是冬日意志中的一个隐喻
提着时间破碎的斑点，清晰地跳跃
然后降落在自己的影子上
在沉睡的、干枯的芦苇丛
冰冷的溪流内部，乡野萧瑟中
我内心散发的孤独
在青灰的天空下，鸦鸣一样扩散

2018. 1. 9

她停在野蔷薇下

小树林里有苍鹭起飞，旋涡推开它们
光滑的一声惊叹，在蓝色中叠加并晕开
一个小道姑，提着一柄锡壶
从树林后面经过，灰色的一小块布料上

树枝轻轻划着，我看见她的手
在一处嫩枝的空隙中闪现
宽大的道袍里，身形纤弱
她停在野蔷薇下，在无人打扰的宝积寺

它的寂静，覆盖着
一丛野蔷薇打开的寂静

2020. 4. 25

春天的风页

那些趴在老城墙上的，野生的风车茉莉
像极白色的风车，悬空在浅绿中

藤蔓彼此纠结。进而深深凝视
每一片风叶在旋转，附着露珠的重量

有一种喜悦的悲哀，漫散芒草深处
当拥抱的情侣，挡在我们中间

不可忘的下午五点，白花鬼针草在江边颤抖
以及因悸动，望而却步的期遇

2020. 3. 21

夏　夜

突然蛙鸣鼓噪，在夜晚的面前和四周
跌宕洪亮的共振，充塞我的耳窝

我惊诧于四周高楼林立
方圆十里也无田塬
我怀疑这些蛙鸣，是十年前的蛙鸣
（曾经这里是一大片稻田）
我在蛙鸣声中入眠。水漫过脚踝

风吹稻香，三角鱼叉挨着鱼篓
于微风荡漾的夏夜。一柄手电筒的光柱
是深邃黑夜里温暖的记忆

2020. 4. 26

夏至未至

还有几枝晚桃花，在南山的鬓角开放
野蔷薇缠盘弯曲成一个圆拱
一只白蝴蝶翩翩而出，在野花
与野花之间，完成波浪形路径的采购

散发着腋臭的女贞
打开了欲望奔泻的闸口
椴树上的蝉鸣，刚刚撕开了一个小角

野蔷薇，女贞
白蝴蝶，蝉鸣……
它们将缝补一件夏天的花褂子

2020. 4. 27

安静的故乡

那些稀碎的光，乌青的云朵
树尖上的绿琼浆，全部倾倒到我手上
刚犁过的水田泛着亮光，牛吃饱了草
站在田埂上。层叠的田野让我如此欣喜
山巅扎着白色轻烟的头巾
乌云聚集在一起
山雨欲来，快走啊胯下的白马
野桃花开了
刺梨花白了
我安静的故乡就在前方

2020. 3. 19 写于返乡路上

深秋午后

在十月深秋的某个午后
一匹瀑布下的一块大石上
我睡了一个慵懒的午觉

俯身躺在平坦的大石上
世界在秩序之外，流水声打湿耳蜗
我的耳朵里，长出毛茸茸的青苔

风，钻入阔大的衣衫
无形的手掌，抚摸着，扭捏着
我听见身体在阳光下呻吟

2020. 11. 12

荒塬上的一棵梨树

我曾描述过，荒塬上的一棵梨树
是怎样攒足全身力气
只为这一刻喷薄的盛开
如果我能给你这种繁盛，与空寂
一簇簇微绿与洁白，捧出热烈的心脏

它站立荒野
背后的一块雾气笼罩，久久未散
一幅写意画，被风缓缓吹动
"在春色里，大地的表面是丝绸的"
而我，也是丝绸的

我们在一棵开花的树下
积攒了几根白发
你的温柔，如那晚的夜色
这个无眠的春夜，我好像丢失了什么
再也找寻不回。月亮停在天边
可是，我够不着她

2021. 3. 16

风铃木的春天

风铃木细小的叶子，从我的脸颊触落
浸过雨水的，明黄色花朵
在清晨街道上的空气里
倾倒。永不倦怠地倾倒——

直至那些倾倒的酒杯
倒出昨夜春眠的眼，贪恋的唇
以及春风的心跳。我在花荫下仰望
满树的金翅雀，有蓬松明黄色的羽毛
就要从枯笔旁侧斜出

衔走我胸中的悔恨。清净，坐忘
就那样沁透在心上
春天如绝色女人，有着凌乱的香气
青铜色的天空
并没有一只鸟因留恋而逡巡

2020. 3. 21

朴素的晚餐

大片的芭茅草在落日下诵经
所有的枝条都准备好了
奉上暮秋的燃薪
树巅之下的村庄从来没有过的陌生
我坐在布谷寨的夕阳里
虚无地清点光的货币

像是为了记忆，月亮升起
母亲在灶前准备
朴素的晚餐，野柿子端上木条桌
白色的鸟群有迷途的悲伤

2018. 10. 5

一枚太阳胸针，从胸襟上滑落

在共有的悬崖和穷途末路
你是我寂静的山河
镀上一层淡淡的金箔
蛇在枯叶上爬行
一如我们征服这座高峰的耐心
一只长尾燕在断崖上空
在隐形的轻轨上，缓缓驾驶

而后立在一棵槠树上小憩
它乌黑的眼珠怔怔地盯着
静默燃烧夕光
两具灰烬，已无分彼此

一枚太阳胸针，从胸襟上滑落
面前的远山松弛了下来

2018. 10. 11

夜宿上堡

秋虫还在稻田里倾谈
山涧水不知疲倦，隐匿在半山腰的
一盏灯火，在山雀的鸣叫中忽闪忽灭
在林中飞过时，翅翼折叠着一匹清凉
空白打开我，虚空打开我

一个人灵魂安静的时刻
正无限接近精神的自由，当我抬头
山脊上的一轮圆月，正在给
自己戴皇冠，夜色中
我能想象延绵金黄的梯田
多么浩荡，绵细，有层叠堆砌的
无法模仿的弧度

就像被端上来的一盘撒了
面包屑的金色松糕
今夜谁也别来打扰我
让我独自在溢满稻香的凉夜里
静默，我的睡眠之眼放牧我
夜那么静

我沉默的声带上爬满了秋虫

2020. 10. 4

山雀叫累了

我至少听见三种不同的雀鸣
在屋檐外欢快地飞溅，长调
短调，圆的扁的，有的弹簧片般地弯曲
一声声踩着我的心脏，嘹亮而偏执地
打磨着这个美妙的清晨

我的身体，一只倒空了的器皿
除了山雀的鸣叫
还有荚蒾红色的果实，朴素的闪光
护坡上一株木蓝，钻出几乎褪色的防护网
在一滴露水里，照镜子
它们都被采集到透明的器皿中

山雀叫累了，就飞掠密林的边缘
或者成群坠入金色的梯田中觅食
聒噪的清晨，瞬间归于宁静
只有远处一抹白雾，薄薄地
掩着青葱的群山

2020. 10. 5

秋天在上堡梯田

很难向另一个人复述
眼前耽留的美，原始的金黄
贴近神的一次完美赞叹
稻穗在身体里蓄积财富
以抵消心灵的贫穷
如果一定要用一个词语去隐喻
更多的词语，在抵达的途中衰竭而亡
老虎的金黄，可爱的金黄
田垄错落叠加的线条
蜿蜒进古老的白夜

2020. 10. 8

在我的故乡酩酊大醉

那些熟悉的地名、村庄、田垄
河流和攀缘着茂密藤本植物的古桥
倾斜斑驳的老屋，布满苔丝的井垣
都在青铜的回音里无声崩毁
山林的风声有小旋涡
绕过你的颊额，在蒲苇丛中隐匿

你呼吸我故乡潮湿杂芜的气息
你沿着童年的荒径撞见我的老父
并紧紧拥抱
此时，我的故乡就是你的故乡
我的老父是你的老父
谁与你同享我故乡的暮晚
谁就将陪你酩酊大醉一场

2018.7.16

登南山记

山巅上的一棵冬青，结满红色果实
我的目光是一只蝴蝶
停落在她的果实之上
我蓦然听见身后的两个男人
用赣东方言交谈
另一个胡子拉碴的男人
指着脚下的山窝说：那里有个村庄……
我循声看去，那里的确有两座
如豆粒大的白房子
它们卧在群山之渊，有倦懒之态
我先是惊喜，转而悲伤
始终没有勇气
询问他们来自赣东何地

2019. 1. 19

大寒帖

我曾那么渴望一场大雪改写人间
群山白头如新，松树挺着坚硬的钢针
瓦楞上有鸟的爪印，水塘厚厚的冰面上
几个孩童把住步子，哈着气
从一头滑向另一头

不，都不是
我住在南山脚下
早晨听见雀声在我窗子前弹跳
我抓住了那些探头探脑的盛开
这里是山苍树和野梨花的春天

2019. 1. 20

一个盲人，看见南山的梅花开了

她很享受，此刻冬日暖阳下的寂寞
阳光照在她的脊弯，微尘在光中运动
她的旁边坐着一堆安静的土豆
错落的每一片屋顶之上，都有一片蔚蓝
周遭的一切，渐渐有些生疏

木头敲击铜钟的声音，突然撞进来
为了听得更真切，她低埋着头
侧着右耳。那的确是一个亡人的道场
生者谈论死亡，有如盲人谈论色彩
是什么消亡于我们的内心
使我们意志虚弱，每颗灵魂都有了归宿
而一个盲人，看见南山的梅花开了

2019. 1. 24

辑二 小镇生活

贡江即景

渔船泊在金子流淌的江面
渔夫的女人在甲板上剖分一条大鱼
他们的渔网还搭在船舷上，滴着水
从破篷布下溢出来的食物的味道
掺杂在江水浑厚的腥气里

此刻他们在享用晚餐
渔夫端着大碗坐在船头，出神地望着江面
垂柳新绿的流苏擦着碎镜中的影子
木船卧于波浪上，吱呀作响
远处巢穴里传来鹧鸪低低的啼鸣

暮色苍茫。日子显得那么陈旧和贫乏
而每一片打捞上来的波浪，都是鲜活的

2019. 6. 11

看白鹭

远远的，两只白鹭在江边踟蹰
大片白色江滩
把它们推向远景中的两点白
我们是去看白鹭的

但还没等我们赶到，江滩与水迹的连接处
它们已飞走，双脚深陷沙子里
腥气松软地扑向我们的脸
牡蛎壳浆满了沙粒，水葫芦焦渴的样子

我回头看见你，一步步走得很慢
走得很认真。我想牵你的手
到江滩上跑一跑，直到喘不过气来

2020. 3. 26

郁孤台怀古

一生中很少有这样的时辰
坐在郁孤台上，听风吹摆悬垂的枝叶
众鸟欢鸣
它们远离甜蜜的红柿子树
偏爱那棵离暮光最近，枝丫呈恣意
扭曲之美的古榆树

有时跳着芭蕾，优雅地旋转跳跃
有时绷直脚尖和双翼
快速飞离舞台的中心
"那些长着最小心脏的生命，
才有最大的自由"①

唯有一只伫立在树梢顶端，孤绝
如稼轩先生凭栏的背影
在树影疏朗的掩映下
清江水变得抽象
一条模糊的白练，在寂静中缠绕
就这样漠然相对，直至太阳绊落远山

---

① 露易斯·格丽克诗句。

当暮光完全融化在流云里

古榆叶上的碎铂金，一下子被撤走

天空的灰青色里

只剩下它们的剪影

2020. 12. 23

多么沉静

天空，是一匹略微泛蓝的绸缎
不染一丝阴郁和哀伤
阴霾的空气，在水汽的蒸发中变得清澈
菜薹开黄花，怯怯地抱着一滴露珠

这个春天，像每一个来临的春天
白色的雾气在灌木林中，散开又聚拢
我们的指尖还保持着洁净
从旷野采一束湿漉漉的野花归来
好像尘世从未经历过一场苦难
恐惧，和恐惧的煎熬从未降临
绝望的人从未抱着自己的影子哭泣
那些远去的人，又各自回到家中

现在，我独自一人享受阳光的垂照
面临内心的困境。仿佛遥远的人
未能来迎接我。多么沉静
只有雀鸣，午后，徒劳的沉默

2020. 2. 13

旷野敞开所有的路径

在你的眼眸里晚渡
这样的深处，鹧鸪闪亮的鸣叫坠落
而故园模糊，一吨月光悬在穹顶

如果一个人缓步而行，在夜的边缘
那他一定误认为，自己行走在天上
清风拂过竹枝的沙沙声，揭起
山径昏暗的线条。灯火静寂

旷野敞开所有的路径
江心一阵水花拍溅，兰舟在夜空里飞驰
我抬头看见，两片弧形的忧伤

2020. 7. 25

雨水记

一只鸽子，在街心公园的雨水里踉跄
翅膀被雨丝拖得，太沉——
它筋疲力竭的嘴，发出一阵咕咕声
鸽子也在承受翅膀痉挛的阵痛
以及内心险些崩毁的无力感
即便，它拥有飞翔的双翼
此时也飞不出这一小片雨水的烟缕

我们没有分别
共同经历着一场春天的危机
为了能够让它起飞，我意念之火的余烬
烘烤它的翅膀。向它狂奔，做驱赶状
终于，它向着一棵低矮的黄葛树飞去
落在了枝头
用蓬松的眼神打量我

2020. 2. 21

灰色的下午

在灰色的下午，刚刚停歇的
一场雨的间隙
一个女孩转动着一把花雨伞
走走停停，她的蓝色雨鞋踩得水花四溅

墙上的一块钟表揣着针码，时间已逃逸
我在等虚无的我，穿过虚无
穿过雨水冲刷的山径，细沙的每个脚印里

有好看的漩涡，新莳秧苗纤弱的腰上
漾着黄绿小波浪，蛙鸣从田埂上袭来
儿童在风中蓬乱着头发

我们把一切都用坏了，钟表，河流，身体
日渐消瘦的白云，和日渐低垂的天空

2019.5.7 0：24

镍白的月亮

那么多镍白的月亮
掉入清晨幽蓝的湖水中
她们拖曳着阔大的绿罗裙
沉醉于自己的美态
一只水鸭子在闪烁粼光的水面逡巡

当我们惊叹一朵藕花黄色的蕊
彻底抖落了内心的洁净
那只水鸭子，一下子站立在
一片层叠的浮萍上
引颈梳理着灰色羽毛。片刻又投入水面

遁匿于藕花间。
你猛地意识到
我们与自然的距离，只隔着一湖粼光
仿佛因这幻觉，你感到隐隐的心痛
因稍纵即逝的美，而感到绝望

2020. 7. 7

采莲船是撑不动了

密不透风的荷塘，向我低语着什么
荷花有荷花的样子，娇媚明亮
荷叶阔大如盖，碧浪般涌起

船楫已朽，采莲船是撑不动了
浮萍缠着荷的根茎
一只红蜻蜓停在折断的荷梗上

船楫已朽，采莲船是撑不动了
缺少闪光水面的荷塘，有如对夏日的辜负
有如写诗的一生，缺少一首得意之作

2020.7.19

一面湖水

夏天的暮晚
我喜欢坐在阳台上吹晚风
看一坨朦胧的月亮
在白纱般的云层里隐现

身体如一块沉入水中烧红的铁
慢慢凉却下来，犹如儿时
高温的夏日经常流鼻血
母亲在我的额头，冷不丁按一把凉水
那些滚烫的不安分的血

又回流到血管中。灵魂安静下来
如一面幽寂的湖水，这片刻的宁静
足够重建灵魂的倾颓

2020. 7. 31

缓慢的雪

夜色中江水的界限，过于模糊
模糊的世事是缓慢的，你必须偏离本体
从缓慢的瞬间，捋一捋吹乱的思想
不仅如此，你还要静止在空气中

安抚身体里的另一个人。
给她纯粹的蓝
给她笃信和勇敢，以填满新的裂缝
水草打着迷人的死结
被江水孤独的舌头，吞没，又吐出

当我靠近一棵黄槐树时
它们在上空呈飞翔的姿势
路灯的映射下
我看见它们的翅膀是白色的

仿佛——雪
一场悬而不落的大雪，平移进黑幕中

2020. 9. 22

突然就下起了雨

紫藤，还没有开成壮观的花瀑
只有三两个花串
若无其事，春天的淡紫
探向，清凉空气中的三两声鸟鸣

霉苔斑驳。暗斑似的侵占着一面廊壁
杨树。泡桐树。构树
树叶盛大的绿，在窗格后凝结成一团薄雾
从一条春天寂寞的长廊折返

在你安宁的语调下，我停在小径
折了几枝野蔷薇，当我慢慢踱步回家
外面突然就下起了大雨

2021. 3. 23

未必与你重逢

成片青黄的稻田整饬地码在窗外
有如硕大的瓷碗里码着一块方饼
远山空蒙，一只白鹭在慢镜头里
朝我们挥翅，安宁又自足

陌生人多半沉默
雨滴用自己的语言尖叫
坚硬。决绝。乱箭一样
把自己摔打在车窗上

列车经过无名小站的时候
一杯普洱茶喝到过半
我从一本书里缓慢抬起头
顿觉山去水远，我取悦的只是我自己
在空茫的旅途中，我未必与你重逢

2018. 8. 27

云中记

白云在马达的轰鸣中奔走
蓬松如母亲晒在簸箕里的棉花
我瞥见田地交错纵横
流水的飘带牵住谷物的青黄
一个人墨点般的身影
使田野的纸张歪斜

而那些墨绿的丘陵和方块积木的建筑
是阳光在炽热的炉火旁
递上来的粘糕，被我们各自瓜分
在边缘翻卷的蓝色穹顶下
在翔祥的白鸟腹中
有过短瞬幸福的眩晕
坐落无底的深渊之上
我们不曾属于大地

2018. 9. 28

在浅山茶馆

一壶乌龙茶喝到微醺
珠帘背后不见邻家小碧玉
临江的挑窗下，一声船棹荡了出去
乌篷船已摇过三两只

日色很慢，千年不过一瞬
在此倾倒我们苍凉又短暂的一生
站立在斑驳的木门下
我怯怯地扣响门环
你摇着蒲扇从小镇上醉酒归来

2018. 8. 10

小镇生活

为那无声的掠过
你立在一面爬墙虎的浮光与碎影中
感受风。从不同的方向吹
成串的果实，向着寂静的秩序
四处漫卷，柔软之藤捆绑我们的一生

曾经，我们是两个比邻的弃世者
坐在攀满爬墙虎的门前与深巷交谈
虚度着小镇的每一个白天和黑夜
交换粮食、酒肉、衰老和虚无
软绵的唇，只说一些不着边际的话

安住在人世的背面
我们并不感到孤独
动情的时刻，我们只会抱着对方痛哭

2018.8.18　3点55分

憩 落

这是我见过的最简陋的寺庙

神，朴实地端坐在我们面前

它们有明亮的慈悲

斜坡下一棵柿子树，结满果实

手持竹竿的女人，半晌没有敲落一颗柿子

当我们忍住馋涎

谈论想象中柿子的味道时

野酸枣因为惊惶，在秋风的摇晃下

闷声坠落荆棘丛

佛祖把它们留给了大地、飞禽和走兽

因为不可得，所有的果实都是美好的

一只黑乌鸦，用缓慢的飞翔

擦过寺庙门前的四棵柏树

在我们折返的途中

一只黄蝶憩落在灰绿的蓬蒿上

2018. 9. 25

拥　有

老屋门前有一棵枇杷树，春天结细小的青果
到了仲夏，孩子们与鸦鹊纷披抵至枝头
我们仰望枇杷枝上所剩无几
哑默的几粒果实，它们甜在最高的枝头

婆婆颤巍巍的腿脚爬上高枝
笑声宛若一串铜铃
仿佛返回到了她俏皮的少女时代
"我少年时，上最高的树
采最好的果子"

这是与鸟抢食啊。我的心紧在半空中
她一手提着兜满枇杷的衣角
一手握住枝干，小心翼翼从枇杷树上下来
把一兜金黄的枇杷悉数捧给我
似乎我配得上，拥有这世上最好的

2019. 12. 23

清扫落花

清晨，两个环卫工人
在学府路上开始一天的工作
他们清扫一棵栾树金黄细碎的落花时
比清扫落叶或垃圾，动作更为温柔
一生之中清扫了太多的无用之物
他们似乎在等待这个无用而美好的时刻
等待一棵巨如华盖的开花的栾树

在立秋后的一场风中，抖擞，打喷嚏
一直都是他们扫他们的，花落花的
清扫至学府路的分岔口，回转身来
落花，又铺满薄薄细碎的一层金黄
他们扛起竹帚消失在街道拐弯处
一辆小车疾驰而来的气流
掀起轻盈而翻卷的花浪，扑向我的脚跟

蜂群还在花枝上蜇啊绕，擎一把伞的白裙少女
打树下经过，栾树金黄细碎的花朵
悄无声息地落啊，落——

2019. 8. 13

秋　风

那倾斜的，究竟是秋风
还是一把掰弯了的弹弓，咻的一声
弹进凋萎的芦苇丛中，门外谁踩着

芦苇如雪白头，混迹于大雾
我对时间的厌倦
如同一只松散着翅膀，睡着的草蛉
秋风总是这样
递给我们时间的匕首，她温柔的残忍
从没有悬念

2020. 9. 30

大　雾

晨雾弥漫。我是一个会穿墙术的人
举着虚拟的榔头，破墙而入
我拆了那么多小房屋
又立刻建筑了它们。当我仰头确认
电线上披着白头纱的麻雀
是一只还是三只
一溜温热的鸟粪砸在我脸上
孩子们走在细小的田塍
去往对面村庄的小学校
冈上的一排冷杉在白雾中闪过
田野有废墟的轮廓

2018. 12. 18

锯木厂

落日之火，延绵于一座锯木厂的后面
一堆密集的乱草虚掩着，锯木工
中年斑驳的头顶。它们要集体自燃
将记忆烧去，将毕生抓紧的和松开的
统统化作灰烬

峭壁的边缘，已显现出一种酡红色
以山野疯子的尖叫，把一身皮毛剐去
投入到火中。不知燃烧了多久
它们已不再拥有醉人的酡红
渐渐暗下去的余烬，剥出一丝轻烟
徐徐拽住轻薄的夜幕，风已将它吹凉

锯木厂是一块烧红、脱去铁锈的铁
咯噔一下，沉入我的身体
我继续日夜将它冶炼，以加固我的壁垒

2020. 5. 4

江边记

江水里闪烁的火舌，忽明忽灭
我看见鸟群（或是蝙蝠？）
从树冠抛物线一样沉闷地掷出
在江心的微澜上，它们寻找破渔网与断桨

我们沿着江边，有一句没一句地交谈着
分拣着生活中，导致我们不快的风波与碎浪
如把榕树交缠下垂的触须一一分开
当我们谈到某个话题时，声音突然停顿

似有一种江水的呜呜声，从耳底涌出
捕捞着沉寂，以隐瞒彼此的念头
转而我们悲伤，并领略着无声的悲伤

2019. 9. 7

微 蓝

苹果树下的二月兰，在初夏明净的风中
微微颤抖，风止处，她们突然特别安静
她们高低错落的安静，还在继续发酵
阳光下，河流微微闪着蓝光

整条河流，都被自己的倒影轻轻挽住
牵着。荡着。溅落光芒
在苹果树下，给心爱的人去一封信
遂寄上几枝二月兰，当他拆开信封时

一定会想象，我的微蓝和叶茎
被一阵雨水扑打，有着凌乱之美
我的心是一只微蓝的容器

2020.5.5　立夏日

浮桥夜话

嶙峋的石头裸露，散布于江心
它们沉默，像我们偶尔在诗歌谈论中
的沉默，它们尖锐锋刃的龇齿
像我们对某个问题，意见相左相互撕咬

不用多说了，江底的沙石轻轻翻了个身
"语言的哀号，远不能填补我们的空隙"
语言写着我们，我们遁地消失
江水在木船底部的，一声哀叹中迂回

头顶的夜空，数着自己身体上的星粒
略有倦意。有人突然提问
江心那堆白色的骨头，是谁遗落下来的？

2020. 5. 6

雷雨天气

仓促的雨点踩着雷声的高压线，瓢盆倾倒
几只翠鸟惊恐地飞入苇草。我的母亲还在
白色薄膜的菌菇棚里，摘蘑菇
她流汗的声音在电话里说
十块钱一个小时……像磨损的闪电的边缘
一阵嘈杂的雷雨声，又骤然响起
她电话里喊一句，闪电就在天边亮一下

2020. 6. 18

大　雪

总有一场大雪，铺天盖地
漫过我的足踝，和我寂静的村庄
鸡犬不闻，篱墙和柴门
替时间深深沉默，在雪夜的芒光里
婴孩的脸贴着母亲温热的乳房
那年冬天我在十岁的屋檐下
用一把禾棍敲打冰凌
含在嘴里，素手纷纷轻叩窗棂
落进老祖母盛雪的陶坛
为了看雪，我跑出寥廓的村外
茫茫大地上，一个外乡人手提着
熄灭的煤油灯盏
路过披着雪袍抄经的松树林

2018. 11. 12

如果你在梅雨季悲伤

如果你在梅雨季悲伤
天空已替你悲伤过了
土地像一张皱纸，在喷涌的泪水中舒展

从落地窗看出去，雨水如银色玻璃珠
不知疲倦地弹跳。两只黑鸟怀抱雨水
翅膀摩擦着纷纷箭镞，执拗地俯冲盘旋

穿白色雨披的女人，闪过人行天桥的时候
你说，我喜欢南方的雨天
——再下雨，我就要长成蘑菇了
你说，我喜欢吃蘑菇

2019. 6. 13

暮　晚

暮晚，我坐在楼顶看流云
晚风吹拂，昏鸟贴着天边静默地飞翔
铁线上鼓风的白衬衣，碰了碰我
又羞赧地滑向另一头

我在等夜色陡然覆盖我
或者我覆盖夜色中的一小块深渊
直到黄铜色的流云流尽
几道隆起在天边的疤痕
隐于信号铁塔后面

一弯镰月就要把夜色举起来

2019. 6. 7

白兰纷纷的香息，像蜜滴

一朵狭长的白兰垂下她的花茎
一只蚂蚁向我致意
眉目之间的忧郁像极了你
也许会有那么一天
我们如一对青涩的桃子
坐在岸上目空一切
除了斑驳的树荫下，阳光被枝条弹开
蝉鸣从树梢溢出，撕扯江面的幽静
只有白兰纷纷的香息，像蜜滴
漏下来——

2019. 6. 19

深 冬

沿途有白鹭低飞于枯荷上
白鹭空洞的眼神已装不下田野上
笼罩的薄雾。银杏金黄的血液
涌来——
从石阶。从人群。从脚底每一片落叶
发出的惊叹声中，金黄的血液汩汩而来
让我们默默地走着，只有脚踩落叶的声音
和风摇竹叶的吹奏声。银铃一样
挂在风亭的檐角下
我们坐在高墙上晃荡着双脚
我们各自捧着银杏叶，向天空抛撒
那些赤黄的土墙老屋，沉睡在
它们自己的古老中。在一个深冬的正午
大地之弦上，发出一个持续的颤声

2019. 12. 12

在覆满松针的山径上攀爬

偶尔有松果坠落山林，它们向山底滚落
我们列队集体向山顶进发
紫页岩镶嵌在蓊郁的松林间
一枝白茶花，伸向一堵防护墙的残垣断壁
石上的枪眼，以及深蓝天空上的云团
溅落呜咽的山风中。我的小女儿第一次理解
松针为什么叫针，一块趴在山脊上的
大石头，为什么叫巨龟石
她迎风站在石龟背上，捡起一颗松果
向脚下的山崖，扔去

2019. 12. 12

安静的雨

在这极静的夜里
石头也会发出叫喊与叹息
雨，安静地敲打着灰色的蜗牛壳
那个显现枯萎面容的女人，开始低泣
矮荆棘丛背后惊惶的注视
点燃松明的孩子，将涌向道路

梦总是比生活，更有内容
抱着一只熄灭的火炉站在
一棵歪脖子树下的，是我
那个掀起月亮边缘
致命而清醒的夜行人，是我

在闪电的枝丫上，月亮的披风里
我虚无得什么也不是

2020. 4. 21

灰喜鹊

确切地说是四只，更为瘦削的那只
中途坠向桥孔，就再没出来过
它们交换着眼神，从东边挪腾到西边
好似友邻串门。拍翅的瞬息

双翼下一溜白色的细羽，拖曳着
一道弧光。长长的剪尾搅动着
十二月空气里，混合着的樟木刺激的辛辣

它们停在樟木的寒枝间，吃着樟木乌黑的籽实
若是口渴，就飞入废渠喝散发臭味的腐水
冬天的枯草地上，几个孩子嬉戏着
他们脚底踩碎的樟籽，像一团团墨迹

2019. 12. 2

麻雀之诗

两只灰扑扑的麻雀在雨中低飞
在透亮的雨丝中
两把剪刀一样，剪——
那些愁结和乱如麻。我听见一位女子
坐在江边撕丝帛的声音
听见一滴雨水
狠狠砸进一枝桃花心里

我的丝帛和香气，都为你用尽了
我们用半生之久，学会爱
又半生之久，用来道别
两只麻雀，瘦弱。狼狈不堪
在半空比翼飞了片刻
转而背向疾飞，一只投入小树林

一只，在一丈白绫的水面
久久徘徊

2019. 2. 22

一只麻雀落在枝丫间

冬日，一棵栾树老到老无所用
更多的栾树，遍布文化路两侧
捧着汹涌的金黄
风，数着它们各自高举的金币
并穿过他们谈论的中心
像箭镞，纷纷，飞向慌乱的母亲
和树底下经过的，一贫如洗的孩子
一群灰溜溜的麻雀
在阴暗的天空飞翔
几只鸣叫着
落在枝丫间，那么贫穷

2018. 12. 28

小寒有寄

细长的麦冬茎叶笼着白霜
流动的风哀鸣，把一只空鸟笼摇晃
我的那只有着美丽羽毛的鸟儿
在一个清晨，弃笼而去
还是有一群麻雀
从两棵苦楝树上飞下来
啄食水沟边母亲淘米的碎粒
更多的麻雀。在树林后面
徒劳地，落在稻茬的白霜上
在无边的旷远，听见了
田野的疲惫与虚弱
此刻，我们与神明平起平坐
万籁俱寂中，那么迫切地
需要一场雪
和一个纯洁诗人的咏吟
来填充大地的空寂

2019.1.5 小寒

荒　野

只身经过榨油坊，弹棉花铺，打铁铺
我并不是想说榨油坊里的老妇
用油漏子把油腾到她自己的油壶里
也不是想说弹棉花的年轻人，系着皮围裙
倚着木板制的简易招牌玩手游
铁匠正在抡锤打铁，通红的铁屑星子四溅
围观的两个男人并没有躲闪
我是想说，绕过它们。在它们的背后
两把老藤椅坐在荒野的寂寥中
它们像一对肉身缺席的老伙计，促膝而谈
在各自脚下，找自己老掉的那副牙
或者什么也不说，干坐着，心安理得地坐着
远处一台高大的掘土机，掀起尘土
轰隆隆地开过来

2018. 12. 16

阳光纺织着……

走在午后的文化广场，她独自一人
怀着石头黑褐色的孤独和流水的静息
马丁靴踢着榉木的落叶。阳光纺织着
金线，缠绕枝丫枯槁的手臂

几只灰鸽子的脚爪，时而停落上面
她惨淡的脸上，阴影向额角移动
陌生人拄着空虚的肉体，在空草地
放牧灵魂，只有孩子是肉灵统一的

他们拥有灵活的身躯，在水泥阶梯上
认真地跳上跳下，蹒跚学步
比一朵晚开的胖山茶更可爱

在落光叶子的紫藤树下，她见到一个
好看的男人在草甸上沉思
他沉思的样子真好看
她有扑上去给他深深一吻的欲望

2019. 12. 16

槐花落

每一次旋落入眼帘的槐花
都是一个面色苍白的病人
我仰头，很庆幸成为槐花的病人
纷纷碎雪一样的落英，治愈我的焦虑
和失心疯。现在我的记忆里
全是槐花，以及槐花落

那时，我的眼神绕过落满槐花的陡峭石径
看见低处河边的芦苇丛中
一个女人惊惶地瞥了我一眼
又躲进芦苇丛里

2019. 11. 2

像一个忏悔的人

乱石在清风中翻身，周身的青苔
掩住了昨晚的雨声
大片修竹被去冬的飓风，拦腰折断
竹林凹陷下去，狂徒一手提刀
一手提酒，方寸之间
学士山的一块天灵盖被掀开
通往林子深处的寺院途中
一只灰土狗，从另一条丛林小径冲出
尾随入寺，它的双眸如观音堂后的那眼
经久不竭的古泉一样净澈
我在一尊佛面前，跪了下来
它后腿跪立的样子，像一个忏悔的人
我在古泉取水净手，出了大雄宝殿
它还跪在佛面前，像一个忏悔的人

2019. 4. 2

阿　蛮

倾听一条溪流，从村子的呜咽中
日夜吞吐，从茵茵水草绿色的咽喉
村妇在下游浆洗衣物，我们在上游

抓泥鳅逮水蛇，水性好的阿蛮
打了一个鱼挺，把溪流搅得浑黄
下游的村妇，扯着嗓子骂
短命鬼叻——

阿蛮的父亲，黄昏时背着农药壶喷洒菜园
阿蛮的母亲，旋即摘了几只辣椒
阿蛮殒命于晚餐的一盆辣椒炒肉

从那以后，我对水有深深的恐惧
看到黄昏的夕阳，就想起口吐白沫

2020.5.13

秋　日

两个年龄相仿的孩童
搂着彼此的肩脖，贴着小脸
一个在另一个的耳边窃窃私语
他们在秋天的树下，互为安慰
栾树的每个枝丫向天空
悬举着一串风铃似的花朵
秋风起，众叶一片喧哗
白云在天上像游荡的孤儿
白云之下，栾树花梢有褐红滴落
在这润朗的秋天，我想过你
并不能给我安慰

2018. 9. 17

暴　雨

一朵黑云撞击另一朵
它们从田野流亡至远山
再从野东窜至野西，拐弯入了一条小巷
终于没忍住。我们在雨中盛大的重逢
一些萼片上垂挂着我们的阴谋
那么多殷红的渴望的舌头吸吮着
那么多焦灼的饥饿的眼神凝视着

狂狷的雨
奔走的雨
暴动的雨

漫天大雨，它的背后一定隐藏着什么

2018. 7. 4

辑三

时间无有深情

九 月

自然造物，在金色晨熹中推动了虚空
辗转穿过行云迸溅霞光的画幅
那些村庄从细密雾霭中，听见光穿透骨骼
众峰阔远，起伏的线条锻造白昼的边沿
飞鸟，是时间亘古的标本。而天空
拥有一道无法缝补的裂隙

蓝紫的九月，野扁豆花蓬松地向天空盛开
有人踩着桂花跌落的气息
踉跄经过十字街道。而我是否已消失？
于一阵山风的惘然若失中，匿迹深林
获得了自然的语言，从语言中溃散
一个美如幻影的瞬间，突然让人感到悲伤
挨不过时间的抹灭，我们的对话已越来越少
无论是否愿意，都不可能回到从前
"以另一种形式安放，寂静的，安宁的"

沉迷于月光下衰草缠结的动影
我低头……这使我想起一句话：
"低头思量的时候，是多么优雅和迷人"
在人世度过漫长的一生，收集了一吨月光

人世漫长，让我相信内心已生成了一座
银色的湖泊、将黄未黄的草原
以及纷沓而至的马匹，我诞生在九月
秋天的阵痛，正把我推向母亲刚健的腹部

九月，一个充满希冀和悲伤的月份
每一种抵达都有无限可能
我假装热爱生活，热爱石头开花的谎言
热爱哑巴的缄默与他的含混其词
热爱早晨经过的栾树上，深黄与绯红的花串
河湾静谧，我热爱水镜中的自己

以及另一个犹如自己的故人，在深秋
跋山涉水寻故人而不遇。蓦然发现
周围是这样寂静，我正经过这个秋天
2020 年永不磨损的秋天

2020. 9. 9

诗　歌

面对一张白纸
我完全不知道要说些什么
她从哪儿来？何时来？
她或许从北方冬天结冰的湖面
从静谧的河流，突然消失的人群
从铁轨外一丛安静的野菊或田垄
天空中孤鸟飒飒飞行的暗影
大雪的阵痛，群星神秘的序列中

在灵魂缺席的夜晚
众多弃儿，通过词语的阶梯涌入
宁静的鲜花路。盲人摸索那火光
苦行僧侣一身洁白
当你感觉灵魂，被柔暖的白云簇拥着
你写下了第一行
当你在至暗时刻，怀着非人的痛楚和叹息
你写下了第一行

2020. 4. 11

白雏菊凋零在窗前

——致安娜·阿赫玛托娃

我时常像你一样，在点着昏暗台灯的
书桌前，邀请缪斯坐于镜中
并渴望她汹涌持久的赐予
等待那些冒出来的词语
然后捡拾它们，堆砌一座云中宫殿

你曾说：我现在什么也不写
而且永远不会再写了
我也有同样的困惑和焦虑
诗，真是折磨人的东西

安娜，我一直想写一首好诗
一首深刻的诗
但我一再陷入语言的牢笼
一直苦苦建造的，是一座理想中的宫殿
还是痛苦与舒适同在的文字狱？
现在我们与诗歌达成和解吧
以我们自由的灵魂
倾听涅瓦河黄昏的悲凉和哽咽

白雏菊凋零在窗前
风，清凉的手指翻着你的诗稿
发出悦耳的声响，一首未完成之诗
在慢慢拉下的夜幕里初现雏形

2019. 7. 3

时间无有深情

已是秋天，还有蝉鸣涌出树梢
有一搭没一搭地，声嘶力竭
经过栾树缤纷巨大的树冠
听见时间，在激荡的花荚间战栗

白云跳上稠密的枝丫。
颈椎一阵咔嚓响
我保持平静的热望，迷糊，浑噩
甚至严重的焦虑
我不信赖时间有深情

花荚被风吹落在地，云朵遁隐踪迹
留下的，只有冷却的心

2020. 9. 17

密林深处

一只鸟巢落在枯寒的枝丫间
还有屋顶和白雪，以及琥珀色的落日
都在等待时间的押送。你在寒冷的风中
掩了掩大衣。凭栏遥望
你侧脸的轮廓有着冬日北方原野的沉静

第一只雁鸭，慌乱地贴在云母片一样的
湖面低飞。第二只腾空而起飞向落日
更多的雁鸭像镜湖上移动的暗影
我们临风而立，共度这个徒劳的黄昏

劲风卷走了芦絮和败柳
雪地上行走的人，消失在地平线
我们像地面上打旋的两枚落叶
还是不忍离去。到对岸走一走吧
走进那颓败的时间密林的深处

2020. 1. 7

野花用枯萎应答着她

那丛野花淡蓝色
散落。星星点点，从恬静的露台
像穷人的口袋翻过来，叮当作响
只剩下这些了
在秋风的瓷罐里空空地摇荡
她坐在镜中，厌倦了她的形象

向苍老的时间，徒劳地索求
我与她们有什么不同吗？
像命运。像夏天的离去
野花用寂寂枯萎应答着她

2018. 10. 19

从远处西山覆雪的尖顶

半湖残荷垂下枯蓬，死去的浓重一笔
深深楔入冰面，半湖水选择苟活
在波纹的褶皱。在紫红色的层积云
与夕阳杏黄的投影下

垂柳的枯叶，纷纷被风的凛冽之手
集体扫去。丧失弹性的枯黑发辫垂向冰面
我们沿着西堤，步入冬日的萧瑟
枯叶蝶在半空翻飞，一次密集的迁徙

像剑，像戟，划过诗人隐痛的脸庞
一柄叶子插进我的鬓发
湖心的碎雪，迎风扑向我们

诗歌的真理是什么？我们都保持了沉默
从暮色的荻花丛中，从远处西山覆雪的尖顶
可以看见并触摸繁星

2019. 12. 3

瞬　间

她快速穿过深情的阳光
像一只巨大的蝶，裙裾飞扬的瞬间
露出瓷白的大腿
一个男人，朝她打着响亮的唿哨
在夏日阳光下，她的每一根发丝
拖曳着玻璃碎片似的光
当她抬头，迷恋着天空的钴蓝
以及天空里，白璧无瑕的云团
栾树的阴影，温柔地覆盖她
默无声息。唯有蝉声跳荡——

2021.6.10

再也不会有那样的夜晚

微雨的檐前，有雨滴溅落
老绿的芭蕉叶上，近旁悬垂的
黑葡萄熟了，还未有人从葡萄架下经过
夏季顿然离去时，她彻底熟透了

就要从老枯萎黄的藤蔓上
掉进一个人，岩洞般深幽的嘴唇
要咬碎她，直至她的甜浆遍布舌尖
在每一个味蕾浸润，闪电一样蔓延……

再也不会有那样的夜晚
像一个不谙春风的少年，贪恋她体内
满溢的，爆汁的甜浆

2020. 8. 22

缺　席

隔着八百里
我举起酒杯，你又后退了八百里
酒在别处燃烧你的喉
我的面前，一面空茫的镜子里
端坐着哑巴、聋子和瞎子
他们无名无姓
无缘无故在我身体里奔跑
总有某一天，某一个时刻
恍然间不知身在何处
举目无亲无端泪涌
巨大的悲伤不知从何而来
但我知道
悲，从灵魂的偶尔缺席中来

2018. 11. 27

独坐阳台

夜幕降临中的天空

除了灰霾蓝的均匀涂抹，一无所有

独坐阳台有如独坐幽篁

周遭植物的青气，在寂静中扩展

对面居民房顶的蓝色铁皮棚

含混的光亮中，露出大片斑驳的铁锈

有些人于命运的渊底，神秘逃脱

永远消失不见。有些人就在那里

越来越陌生，越来越冷酷

我在寂静天鹅绒般的幽暗中

找到了出口，天上的弦月光正苍白映照

2020. 8. 25

孤独的尾灯

一只萤火虫孤独的尾灯
在山的入口探照，给行人以指引
星粒，散于夜幕上打着旋光
仰望穿透夜空的钉子，有久久的恍惚

身披星辰的微光，静坐山亭
翻卷而来的虫鸣合唱，使我们
每一个人的孤独，在黑暗中发光
悬壁下的万家灯火，陷入持续失眠

此时需要一场雪焚炉温酒
让这场大雪，覆盖四野、舟渡、山峦
酒过三巡，积雪在每个人的头顶融化
黑暗中，夹道开满的野花因某种快意

而微微抖动着星点白光
在星光与萤火虫的夜晚
仍有那么多，值得的事物等待相认
山巅夜色里，怀抱着一把吉他的人

像怀抱着整个寂静的苍穹

2020. 6. 14

秋　日

秋天逐渐升高的孕酮，打开了
桂花凛冽的香气。我站在一棵
金桂底下。桂花落在我头上
我伸展双臂，不是为了拥抱风
而是为了让受惊的风，投入我怀里
一把细小的月镰，悬在黑褐色布景的山峦
凉意从它的齿状毛边，渗出来
夜色在一条闪闪发光的河面上流动

风，偶尔也吹过耳际
像你往我的耳洞轻轻呼气，一阵酥痒
黄葛树的落叶，大片黄金一样撒落
在漫长的街道尽头，路灯惊惧着
空气中残留暗浮的香气
带给我短暂的快乐与空荡

2019. 10. 2

灰　雀

她坐在老屋的门槛上，把头埋得很低
有时在整理垂落下来的鬓发
有时拉扯一根上衣的线头
我在早春的山坡上眺望，努力辨认
这个陌生女人。后山草木繁盛杂花盛开
门前歪柳上有小雀在叫
我折了一枝开白花的刺梨藤
从土坡上飞奔而下
跑到她跟前。和她说了好一会儿话

2019. 10. 2

郊　外

一片金色的云层，波浪一样
推动着另一片，为了获得片刻的喘息
黄昏时分，我骑行在郊外的乡村小路上
桂花的香气牵着我的鼻息
一丛开得凌乱的牵牛花，爬出栅栏
妇人正在举着网兜采摘柿子。从任何一扇
窗子望出去，木梓排的乡民
在田地或菜垄躬身耕作
云还在他们的头顶滚淌
空气中开始飘荡着燃烧稻梗的气味

2019. 10. 23

唧唧集

隔着一面湖水的镜子
天上一盘银月，从黑云里探出半个头来
她靠着窗口久久睥睨
曾经狂热的枝条，也陷入沉静的回忆

银月渐渐推开半帘厚纱般的云层
站立面前，她一丝不挂地
在空寂的房间里走动，拖动着黑夜的幕布

巨大的慵倦，使这个夜晚进入肃静的秩序
淡淡月色包裹着她，如山枯水瘦一败笔
蛐蛐在草丛里跳跃
清凉的唧唧声，像玻璃弹珠散落四处

2019. 9. 19

一只晨鸟坠飞窗前

每过一段时间，我们就暗自下决心
明天要过理想中的生活
那些未触及的，永不被触及的
如水面波纹，瞬间被辜负
我们在盲从和不安中
继续过着一成不变的生活

又是新的一天
在将醒未醒的刹那间
一只晨鸟坠飞窗前
黏糊糊地啼唤：你好，早安。

2018. 9. 8

影 子

有的时候，它比你高大许多倍
有时候它从你的背后，紧贴并拥抱你
更多的时候影子在奔突，身体还在原地
一个人内部的绝望，是影子无法想象的
黑暗中传来，一个女人撕心裂肺的哭声
而影子，不知如何安置她的破碎

2020. 5. 10

对 话

现在你可以说话了
沐浴净手，套上宽松的棉质睡衣
平静地坐在一张洁净的白纸对面
独自一人。用笔尖倾泻月光，大海
甚至孤独。为了成为如此多的他人
你在光怪陆离的世间，不堪重负
是的，现在你可以自我修理了
把体内的败絮、杂乱、虚伪、违心之词
一一清理掉。一盏台灯沉默的光亮下
你已焕然一新。你感觉到你的身体
如语言一般自由

2019. 11. 3

来吧，夜晚

风的侧影在窗下，它们清凉的手指
在我的锁骨上散步
我总是在这样的清晨醒来
然后复闭上眼，让它们飞一会儿
离别、背叛、痛失、末日……
仿佛经历着另一种，完全不一样的人生
幻象与噩梦，一晚接一晚袭来将我折磨
可是，相对枯竭平凡的生活
延绵的噩梦也胜过一夜安眠
来吧，夜晚
摘掉我繁密的枝叶，时间的果实
请以黑暗的奔流，将我覆没

2020.4.19 谷雨

唯有你灵魂的悲哀，历久弥新

不断地向白纸索命
为的是用一首诗的快感
代替另外一首
用一个异己手刃另一个异己
我此刻得到了，即永远地失去了
我的存在，即是幻境和虚无
我已身分两处，从自己的体内抽身
阅读自己：她本无形态，也无内容
亲爱的——你，我为你垂死挣扎
和深感羞愧
"太阳底下无新事"
唯有你灵魂溢出的悲哀，历久弥新

2019. 1. 19

一粒暗淡的词

一只灯蛾，在灯罩上扑打着翅膀
而后缓缓停降在我面前的书页上
她先是将头上的触角不断地弯曲
好似要把这本书里所有的文字都敲击一遍
过了很久，她安静下来
四翅平展深嗅书本的墨香，专注，心无旁骛
她一定是先于我，发现了词语
完美的秩序，它长久停在那里
像一粒暗淡的词，没有呼吸
脱去了灰色的偏旁，在一万一千枚汉字中
寻找光源

2019. 10. 5

忍不住要凋零

栾树空荡荡的果实，在风中摇着铜铃铛
纷纷的铜铃铛，从树梢清脆地坠落
几个孩子蹲在地上小心地捡拾
她们分不清这是栾树的花瓣还是果实
剥开薄如叶片的果荚，指着几粒青色的籽实
问同伴：这是她的花蕊吗？

是的，她的花蕊深藏腹中
她的香息从不让人闻见
现在她的发丝在秋阳的烘烤中
散发出只有她自己才能察觉的阵阵香味
有人曾说：三十五岁，多好的年纪啊
可她站在十月的栾树下。忍不住要凋零了

2019. 10. 8

悲欣录

我爱的是那个黄昏里的路人
他从琥珀色的地平线经过我的黑夜
他是我长夜倾落寂静的一部分
夜晚如此黑暗，而他思想的灯盏亮着

我日夜垂读，仍不足够
他取走他在世间的积蓄
和所有未实现的野心

不曾有人奉以忠告：感觉是一瞬间的
我们重蹈的不过是现实的幻境

2019. 2. 15

夜色枯寒

上元夜，夜色迷蒙，柳梢头；
没有一枚上古的月亮。
桃花的惊悸，还在酝酿风暴；
比婴孩趾骨略小的，
是海棠花的骨朵。

一树玉兰在虚构的夜色中；
她美得不真实，白得闪耀。
握住枯寒之树干，你要摇落——
楚楚动人的美。

更多完整的花朵，更好的旁逸斜出的枝茎。
裸呈，并闪耀惊叹的白光；
你没忍住。折了一枝玉兰，
欲蓄她在净杯中——

就像没忍住你们之间的某次性爱；
趁着月黑风高，你把她藏在袖口。

2019. 2. 19

风吃着旷野

要用一块被赋形的冷蓝

补贴我精神的漏洞，在此之前

一切操作都是练习

一切目及之物都是幻象

幽灵练习穿墙而过，大鸟练习飞翔

植物练习垂爱大地

月亮练习用满身碎银打造一件器物

万物归寂，我们只有一把语言的梯子

升向漫长的奇迹。从未停止艰苦的攀爬

我曾这样写："苹果砸进词语的深渊"

唯有更深地陷落，语言的梯子才能随意志上升

风吃着旷野，泥土的骨灰落进云层

2019.8.19

我们喝着夜晚的孤独

夜深得不能再深了

雨下着愤怒的低吼

薄瓷一样的脆弱，站在我影子后面

一场灰色的雨，把我通体的裂缝胀满

冰凉的雨的手指，纷沓而来

黑暗的序列里，轻易将我捏碎

听啊，我碎成碎片不能拼凑

我用身体的碎片，剜伤自己的前额和眼睑

雨一直下着，像透明的血液在流淌

弥漫四夜。这透明的，沉郁的悲伤

"没有一个人了解别人，人人都很孤独"①

在另外的时间里，明月高悬夜空

我们喝着夜晚的孤独。而现在不能了

2019. 8. 28

---

① 黑塞诗句。

下午茶

我照见一杯柠檬水里
一粒青中带黄的柠檬，它的果囊里
一条粉绿的果虫，在挖隧道
从北半球到南半球，它的一生都在
酸涩黑暗的包裹中，不断地吞吐和掘进
而我在虚无之中喂养着一只素食主义的鼠
它偏爱啃食小雏菊，关闭了灯光的暗室
精美的插满纷乱花朵的青花瓷器里
它能准确地分辨雏菊并吃下
多么宜人的秋天，雨还没下下来
蜻蜓在郊外群飞。阳光迷离而温暖
蜻蜓队长，还在一座蔷薇花房内
喝下午茶

2019. 11. 13

赞　美

你是野花遍地群蜂飞舞下的大塬

有着宁静的悲伤

你是一只乌鸫穿过杂树林梢头的飒飒声

你是海水绵延的波澜，席卷着天空的蔚蓝

是一滴水的虚无，是迷雾

是窗下黄昏的幽光

甚至是光线漩涡里的一道暗影

虚拟的外衣从我们身上滑落

我们还是那样生活着——

与相反的命运纠缠在一起

愿你在我的诗行中照见你的卑谦、慎独、屈辱

以及灵魂的狂喜，愿我在你的词语中陷入

虚弱、疼痛、珍贵、哀矜——

以完成云朵下雨水的搬迁

2019. 7. 1

另一种生活

如果生活给了我们足够的教诲
如果想要发明另一种生活
请拎出混迹人群中的我和你
的皮囊

从嘈杂的生活退出去
从风驰电掣的快，回到马车的慢
我们无须向谁道别和辞行
总有一条小路会从密林深处
冲出来，拥抱我们

它把我们引向一条寂静的河流
清朗的月光下，顺着河流一直走
就能看见另一种，从未有过的生活

2019. 5. 12

他的兄弟坐在太平间外面

他只是被吊诡的敲门声，喊走了
只是想换一个地方，继续装睡（永远无法喊醒，因他去意
　已决）
云朵慵懒，蓝天如玻璃穹顶

人们对死亡的来临浑然不觉
一个此刻能享受正午阳光的人，是幸福的
太平间的屋顶上，花枝在攀爬
已胜过他一生的繁茂

他躺在太平间里面
他的兄弟坐在太平间外面
花一直开啊，没有想要喘口气的意思

2019. 5. 17

荒　谬

她披着夜色漆黑的袍子，坐在黑暗里
看见自己长了一对荒谬的翅膀
一场雨后的蝴蝶那样飞
洁净，虚弱，带着雨滴的明晃

当她思考生活的不幸
翅膀被月光烧成灰烬
三叶草和灌木丛，刨着它们的影子
旷野一片寂静

她太久没有抬头看月亮了
现在她抬起头。坠落的一瞬
看见三个跛脚人，向着一弯残月
在天空上走

2019. 5. 23

夜深，闻送亡人唢呐声

那个熟悉得几近陌生的男人
把湿漉漉的麦秸帽挂在墙上
"这鬼天气，下了半个多月的雨"
深夜落下的一些雨，不是雨
是凝重的钢针，刺向我们麻痹的沉默

一声悲怆的唢呐声
从充血的铜管，颈部青筋鼓暴
穿透雨中喧哗的高墙
未亡人跪在窗前长哭
"又有人不想吃这人世的饭了……"

我是羞愧的，还活在人世
抱紧这雨水泛滥的人间

2018. 10. 22

当你……

当你感到生活的绝望
只是被生活的蜂针轻轻地蜇了一下
你还远远没有触及真正的绝望
以及绝望所带来的刻骨的，切肤的
久久不能消散的悲痛

当你痛斥人生遭遇的黑暗
只是星宿还藏在厚厚的云层里
未来得及把你照耀。你还远远没有体会到
一个盲者，彻底的，静息的
永无止境的黑暗

2019. 10. 14

焦虑症

天边一团铁青色的孤零零的云
也是一个深度的焦虑症患者
在抬头的一瞬,她获得了一种虚无的安慰
心灵缺失的那部分阴影
正暗合着云隙里隐含着的某种悲凉

而远处的田野,褪去了褴褛衣衫
金色的光线和波浪,潮涌般扑来
自九月吹过金黄稻穗的风

夹带着一股秸秆的青色,扫荡她精神的焦虑
她一再深嗅。如一只风中颤抖的蝶

2019. 9. 15

沉　默

一只老瓮，安静地站在墙角
半张着口，饱含对生活的沉默
就像我们从屋外走到屋内
并没有什么想说，词语纷纷逃逸
我们对我们的生活哑口无言

唯一巨大的发现：一只蜘蛛
在墙角的蛛网上
顺着一条银亮的蛛丝，就要掉进
瓮的黑色渊口里

2019. 3. 22

平衡术

记忆墙角的那一架凌霄花
很难再有，热烈的时候了
往后余生，平静将是一种常态
习以为常地忍受
在钢丝绳上练习平衡术
燃烧着的火，终有熄灭，终会化作一堆灰烬
我们一生将抱紧，这灰烬
必须独自面对，并消化自己内心的孤独
以加深静夜的沉默

2020.5.12

我要写一首诗

我要拨开人声鼎沸，在夹缝里
写一首诗
我要忍受他们在我背上的踢踏
紧握着一支笔，匍匐在地
写一首诗

2019. 10. 23

焦　虑

我时常感受不到我个体生命的存在
所以我焦虑

2021. 6. 25

墓志铭

这是一个克制的，寡淡又深情的
患有严重焦虑症的诗人
如果她能被称为一个诗人的话
她独自躺在这里，蔑视和放下一切
被月光照耀，是对她平凡一生的加冕

2020. 7. 12

辑四

隐秘的爱

献　词

当我醒来，苍绿的山毛榉在窗子里
晃动着明暗驳杂的枝条
我没有想起你
激荡的水声，实际上更靠近
蓬草白色绒毛蜷曲的心
我没有想起你

"我歌颂爱情却没有提你的名"①
几乎能感受到，窗外的那一只鸟
抵抗着飞冲的惯性
从生活的缝隙飘忽而来
而现实是，两颗心以疲软的低飞
变得越来越冷酷

当我们靠近爱，不懂得给予爱
当爱，离我们而去
安静的空房子里，制造出迷人的
让人战栗的忧伤

————————

① 苏利·普吕多姆诗句。

曾经的爱人，变成旧日子里的亲人

只剩下，一腔孤勇

2020. 12. 9

野花不安的寂静

我梦见你，从野花开满的小径走来
我们明净的眼睛，互不相望
野花在不安的寂静中，一阵战栗
一切皆为假象，一切皆为妄念
我在你中，模糊了我本来的样子
我笨拙，低温，犹疑……
当我转身，你已消失不见
如果一刻也不能没有爱，那往昔
我是如何度日的？我已忘记
在爱情的无奈之中，一次次推翻再重来
反复妥协与谅解
"爱一个人，就无所谓卑下"
虽然不再饱含期待（因我无能为力）
如果是爱，就不会变成怨憎
就无所谓失去
我们因心灵之爱而获得永恒

2021.6.18

那时，微风很轻

你从莲花小径的另一头走过来
那个反复归返的夏天——
溪水带走了，我们扔下的空莲蓬
"你不能太贪心"，而双手未能停止采摘

覆盆子茂密的枝叶，已掩盖了
近旁的杂木，爱欲的激情因距离
而盲目，而蓬勃
我将自以为是，言不由衷并尝到它的苦涩

而那时，微风很轻
荷叶却止不住翻涌，一只红尾蜻蜓
静静停在一朵白莲花的蕊上
如果，你从没有来过我的心上

2021.1.17

荆　棘

安静的海水，漫过淡蓝衣裙的身影
海鸟白色的羽翼保持着一种惊悸
或者，我们坐在山谷底下的芦苇荡里
背靠着背晒太阳，弹唱一首乡村民谣

你指给我看，一只风筝挂在了
高高的树顶，它的飘带在风中舞蹈
那时，我躺在你的身边
另一对老夫妇（远看像一对恋人），
草地上颤动着暖阳
他们轻轻捉掉彼此身上的草屑

有许多个夜晚，梦境的邀请下
我们甜蜜而浪费，充满着生活的细节
我们要砍掉爱情的花朵吗？
从此在荒芜的心间，栽种荆棘
让人望而生怯，这一身的荆棘啊
在人生最美的时光里，疏远与拒绝

2021. 1. 8

我喜欢并愿意这样生活

如果你愿意，内心如荒原寂寞
惺忪无序的野花遍布
与野草的味道，糅杂成一种潮润的气息
绝无仅有的宁静，绝无仅有的空旷
通向这片丰茂之地，没有道路
我喜欢并愿意这样生活
更为谦卑地热爱，宁静地度过余生
允许一场美丽的错误发生
爱恋，难舍难分——
当我认识到它是一个错误时
几乎喜欢上了这个错误
矛盾与错误的东西，都有一种
令人悲伤的美

2021. 6. 9

我厌倦悲伤这个词

我记得，那个没有月亮的夜晚
从一个斜坡的枝丫剪影里，抬头看星星
还记得，白色的石楠花开满宋城墙
叠翠园幽绿的池子里，满是落叶
被雨击落的，只剩下三两花瓣的鬼针草
有让人怜爱的体态

一个人江边散步时，越走越悲伤
总是不断告别的人，终将远走
终将无法挽留一个远走的人
我让自己沉浸于这种悲伤
（我厌倦"悲伤"这个词）
有时候，又刻意快乐以遗忘这种悲伤

那人孤傲的背影，大雾中隐没并消失
倘若我要找回，必将放下我所有的骄傲

2021. 5. 14

你是一个日久弥新的青花瓷

我最美的事，是像一朵
五月的野鸢尾花，盛开在你的面前

美丽纽扣一样的雨燕，散布在
我们的脚印里。天鹅绒的天空下

每个身体都是一座绝望的废墟
为什么要企图抵抗时间？

你啊，让我感觉，我像一个老瓷器
嗯，你是一个历久弥新的青花瓷

2020. 4. 1

夏　日

蝉子保持绿色的声调，苇丛低伏
几只白蝶在丰茂的草地上闪烁
惶惶不可终日啊
夏日如约而至，我们无力改变什么
写的长信停留在第一句：致我爱……
当我走在林荫小道上，想了你一下
黄葛树突然陷入阳光中
当我凝视太阳，颗粒状的白云挤满天空

2019. 7. 5

在风中

榆树脱光叶片的纤细铁臂
抵入天空，头顶寂静盘旋的鸟
纷纷铁片般
发出了一阵喧响。巨大的阔静
在夕光下有了悲伤的纹理
为之悲伤的你
原来有比我更深的痛苦

很多事我已忘记，但我记得
你手触我肩膀时，触电般的闪躲
我记得大片的藿香蓟和野紫苑
盛开在秋天的塬上

等一个人，等到落日下山暮色四合
某个生辰的夜晚，琴声呜咽流淌过
黑色玫瑰，我渴望理解与被爱
但又无法回应这痛苦

我想说的，都在风中
你去听吧

2020. 12. 26

麦芽糖

卖手工麦芽糖的货郎，敲着铁铛走过来
一大块麦芽糖撒满白芝麻
裹在干净的白布里
断面的微小气孔，闪着象牙白光
我想起我的妹妹，一个带着儿子
净身出户的女人

那年，我们背着母亲剪了两个凉鞋绊子
（有时是一副马钉，或一块铁皮）
我们喊住隐没在暮色里，挑着担子的货郎
货郎用铁锤、凿刀，敲下一小块麦芽糖
我们心照不宣地品尝，这让人颤抖的甜

一片甘蔗林，在郊外洗净泥巴
站在搅碎机旁。小巷子里的阳光那么好
这次我没有喊住他
叮叮铥，叮叮铥——
卖麦芽糖的货郎，挑着他的担子走远了
似乎有一块麦芽糖，从童年到现在
一直哽在黑暗的深喉里

2020. 11. 4

写给父亲

隔着雾，父亲，父亲肩上的犁耙

和一头水牛，缓慢地在田间小路移动

琥珀色的朝霞，映照在

老鹳草的齿状叶片上

当太阳光，闪现于田垄翻耕的阵痛

我提着一锡壶清粥，踩着窄窄的田埂

摇晃如绳索上的一只蚂蚱

父亲喝住了牛，杵在水田中向我挥了挥手

苜蓿花涨满田野，我的父亲正渐渐老去

父亲的赶牛鞭，还在旷野空空地挥舞

我知道他爱我，与我爱他一样

一种未经开口，便沉寂于心底的爱

2021. 6. 11

暴雨就要来临

鸟鸣也不去擦洗，天边的那团浓墨
暴雨就要来临——

我丈夫的淡蓝色衬衣
在阳台的、晾衣架上的风中鼓荡
每次他穿着淡蓝色衬衣
下颌刮得光滑的样子
让人感觉，年轻时的爱情正渐渐苏醒

他不教我如何，抵抗心灵的孤独
那么多盘踞心中的问题，等不来答案
或许时间与沉默最终能解开
这样想着，在漫长而深沉的孤独中
我枯萎的内心，又长出一茎嫩芽

2021. 5. 9

我现在开始嫉妒那个男人

——给女儿彤宝

我们结婚吧！？
是的，我们结婚吧！
是的，是的。

躺在暖冬的草地上，你把一个亲手编的
草戒指，套在我的中指上
朝向天空，指给我寂静中的一声鸪叫
孩子，你要学会领会大自然的美意
向一只蝴蝶致敬，爱上黄昏的落日和飞霞
与一只松鼠交换巢穴和午餐
爱雨滴的甜，胜过苹果的甜

你把鼻息深埋我怀里
说，妈妈比世上所有的香都要香
你的眼睛里闪烁着耽美的星辰
你叫我坏妈妈、笨妈妈
我还没有学会做一个温柔的母亲
你叫我心肝妈妈、乖兔子妈妈
亲了左脸还要亲右脸。我心里盛开着
云朵般膨胀的欢愉

你穿我的旗袍，擦我的口红
踩我的高跟鞋，责骂和亲吻我的男人
亲爱的孩子，这些我都不介意
可是长大后，你会爱上一个男人
我现在开始嫉妒那个男人了

2019. 12. 18

给母亲

母亲年轻时，从未亲吻和拥抱过我
现在，她把父亲赶到另一间卧室

与我相拥而眠，她把我的头靠在她的胸脯上
我闻见母亲内衣上黏稠的油烟味
但我依然对母亲的乳房，葆有童年的想象

临别时，她会在我的脸颊上深深一吻
并告诫我：当你的生活被某个人搞砸了
选择另外一种生活的时候
一定要慎重

2019. 5. 13

青蓝色的名词

我的奶奶，那时还很年轻
她在秋天的田塍上采一把马兰菊
装进筐篮里，青蓝色的马兰菊
托着薄霜一样的微曦，露珠蜷伏在瓣

迟迟不肯落下。一阵凉风吹着她
单薄的身体，吹着她一头坚韧的青丝
吹着，吹着，就把她像尘埃一样吹进了青冈
依稀可辨的那个清晨

无数次逆时光之流，占据我的睡眠
和醒来之后的惆怅思虑，窗子外夜色漫卷
马兰开花在弯曲的田塍上
奶奶，只是一个虚拟的青蓝色的名词

2019. 9. 11

摄影课

摄影，是用光的艺术

在逆光下。蓝天做背景，或者水做背景

把那种纯蓝发挥到极致……

盛夏永恒的纯蓝，像一种对心灵的教诲

我们在荷花的冷香中变蓝

在一抹纯蓝中，瞬息枯萎

2020. 7. 10

浪　费

所有美好的事物，都是在自我浪费
章江畔的梭鱼草、鼠尾草、蓝花草
浪费着自己的紫蓝
那个浪费着自己大半生的人
还未能磨损这颗，敏感而丰富的心

当我了解他时，我便知道我的贫瘠
当他靠近我时，又不自觉地闪躲

2021. 5. 20

半只橘子

刚莳秧的禾田，在过滤后的太阳底下
呈现一种淡绿，浮在禾根下的浮萍
加深了这种绿。还有那些青铜镜一样
的水田，有白鹭斜飞而过
田埂上的冷杉，在空阔背景中身姿笔挺
铁青灰的屋顶上方，白云闲闲
忽而想起，微雨初晴时我出门
分给你的半只橘子，你并没有吃
而是被你放置在茶桌一角

2021. 4. 21

冬至书

你是冬夜里的星空，孤独又自由
你用火的同情
介入另一个人悲凉的内心
这一生关于你的风景，我经过
而依然拥有着现实生活
无边的孤独与约束

生命走过我们
生命最终走向何处？
这正是痛苦之源
我们奉献无用的热情而不自知
当清晨的第一束光
遽然跃上我的窗台

又开始了庸常的一天
但还尚存对美好的感受力
"废墟里也可以开出娇艳的花朵
这就是你眼中的世界"

下雨的早晨

雨滴，以明亮的跌落砸在窗框上
我的母亲一夜无眠
坐在微弱的电炉边，面容苍老
而哀绝

她刚刚又哭过
依稀可见两条蜿蜒的泪痕
几缕蓬乱的白发，沾在右侧脸颊上
一个跳着秒针的定时炸弹
安在她小女儿的脑室，侵占松果体区

她为此揪心哀告，咒骂命运
母亲，亲情这本书会越翻越薄
但是，雨
总有停下来的时候

2020. 12. 28

风拂过一切隐忍的孤独

江水从我的身体穿流而过
涩味跳上舌尖，无形而破碎
我用一整晚的雨落声
抵临你内心的沉默
和彻夜的失眠，把自己翻耕了一遍

街心花圃在最后的夏天被刈割
只有新鲜的欲望还淌着汁液
人立在眼前
时间的鸣响从大街上消失
我们仍怀抱着月亮的残片

风拂过一切隐忍的孤独
我几乎一无所求
我把你的暮晚和静夜喜欢过了
我情愿，永远保持这份渴念

2018. 9. 1

在云端

一只鸟悬停在空中

可疑的翅膀在气流中保持平衡

死去的亲人，从柔软的云团中重新转身

他们望着高空下的

村庄，谷地，无名的河流

自己枯瘦的坟堆，碑石上破碎的姓名

他们简朴的生活已过完

"让我从死者中复活，重复

我以前生活中的人怀有的希望"①

如果生命可以重来

我愿童年的玩伴英子，踢翻那瓶百草枯

祖母有一对完美健康的乳房

从祖父的肺中搬出风箱和雷鸣

我愿朋友莲投江后，在偏僻的蓬草一角上岸

小表叔从煤矿深井爬出来

装上自己的断肢，深夜走到熟睡的妻儿面前

我愿他们安在尘世

---

① 切斯瓦夫·米沃什诗句。

俘获并享受世间的一切，无论痛苦与快乐

每一刻都不曾浪费

2019. 7. 6

清明给爷爷

一只白蛉，安静地停在你的墓碑上
父亲说，那是你变的
就像奶奶走后的某个黄昏
你在后院的井沿下，看见了一只青竹蛇
说那是奶奶变的
疲惫的、永恒的睡眠把你掳走
而惊雷、雨声，在我身体内横行

旷野中，淋湿了翅膀的鸟在颤抖
春山醉倒在脚下
你的坟头草木蔓发，青汁滴落
它们懂得如何用玄秘之语言，传递幻念
我摩挲着墓碑上你的名字
像抚摸着你冰冷的、沟壑丛生的脸
而记忆中，我的右手垂悬在空气里
始终没有轻盈地落到你的脸上

2020. 4. 4

无　花

上好的楠木，请最好的木匠师傅

用尽她大半辈子的积攒，造了一个盒子

躺在盒子里睡了一觉再醒来

邻居家的炊烟攀上了她的房顶

门前的水杉冒着热气

虎斑猫饱满的肚皮蹭着她的裤脚

她觉得又多赚了一天

她名叫无花，成为新寡不掉一滴泪

村子里的妇人都说，她的心石头一样硬

五个迷失荒林的孩子，五个仇人和债主

为了让他们免于饥饿，她把一头长发绞短

成为父亲，下花生地摔断了右胳膊

她就用左胳膊，拖着铁犁耙耕田

打碎了牙和着血往肚里吞

真的感到撑不过去的时候

就在高高的土堆旁，哭够了再回来

八十六岁的无花老太

这个依然保持端庄容貌

穿盘扣斜襟衫的我的外婆，坐在黄昏的门槛上

抽完一筒水烟，把烟嘴在地上磕了磕

对我的母亲说，现今日子这么好

我怎么活都活不够

2018. 11. 17

夜 行

此刻我们的心灵是自由的
铁轨的哐当声
也充满着自由的气息
天地幽闭如一枚核桃
列车在一张巨大的黑色纸面奋笔疾书

我们对坐在窗子前彻夜长谈
一种快乐近乎痛楚
只在顷刻间，你突然转身侧坐
远村的萤火正落入你的眸眼

那风，潮湿而瘫软
吹过我们的花园
在荒野的毗邻
柔枝青葱。水洼明亮
你的缺席永是一种莅临

2018. 9. 3

合 欢

—— 兼致女儿

.

这潮热的午后，一阵风把她的帽子
摘走了，另一阵风拖着天空湿重
的毡布缓行，拖不动了就回到空旷的草地上
卷着草尖上的余烬，旋转，砰然落地

她俏皮的齐耳短发，在微雨中飞扬
粉刺鼻头渗出细小的汗珠
她的青春，穿过闪闪发光的粉合欢树冠
目眩于一树合欢安静的赞美
在雨丝欢愉的泡沫中
在扇形花序的浪声里

夏季的粉合欢少女，她的影子是每一个
曾经的我的瞬间，她的美
将得到多少人的珍视。假以时日
将有一个，怀着蔚蓝色大海的男人
把她从我的手中掠走

2020. 6. 3

旧年的最后一天

一个人打扫屋子，洗窗帘，洗鱼缸
清理书柜。把剪子、纽扣、胸针、药片……
这些小碎物全部装入藤编储物箱
然后在窗前伸展老腰，等旧年的
最后一缕夕光浆洗我明晃晃的窗玻璃
等待压抑而寂静的时刻，帷幕缓缓垂下
明天的太阳，将是新年的太阳

我们在酒吧二层的幽暗处，淡然地喝着
新年的 RIO 鸡尾酒（其间只碰了一次杯）
俯视一群年轻人在镭射灯舞池里
捶打心灵的碎片。那么自由和轻慢
曾经我们也像他们那样
拥有青春膨胀的身体，胸藏湍流和烈酒
而现在，我们失去声音身心俱疲
却依然对崭新的深幽的时光保持渴望

2020. 1. 1

我们的冬天

在冬天。我需要一个壁炉
温暖的火光照在我瞌睡的脸上
棉麻披肩从肩头垂到地下，摊开的书页
已经脱离了阅读。我养的一只黑猫
慵懒地伏在我的脚下
醒来后，我应该还有一点点悲哀
我站在窗前，额头抵着窗玻璃
屋外突然就下起了雨。我们的花园
还来不及卷起。晾衣绳上的衣物淋着雨
我要你在下雨之前回到家
你甩着脚上的泥巴，滴雨的伞靠在门外
一双冰凉的手揣进我怀里

2019. 11. 20

初 雪

无处不在。菖蒲的气息一如从前
就像所有美物那样，信仰人间的单纯
所有空茫的夜晚，深吻情人的肋骨
精神里的一场初雪，治愈人间的病
我要在初雪之上覆盖你
你说白木莲开了，孤独的人从高枝上
走下来并相爱。衰老且美好

2018. 12. 11

反　对

他顶着一头白发，站在窗前
我想走上前去，抱一抱他
像抱自己可爱的父亲
那一头白发，白得那么浩荡
那么理所当然
没有一丝犹疑，我要反对他的衰老
反对时光在一个人身上
遗留下来的，悲伤的内容

有那么一刻，我想做他的母亲

2018. 12. 19

致友人们

我曾爱过你们的清晨和良夜
现在依然爱着
我曾爱过你们发光的梦想
现在依然爱着
我曾经爱着你们采集火种的十指
现在依然爱着

谁，某一天默默离开
空出一把椅子
那虚空，将永远无法填补

等我们足够老了
守护壁炉的人散去，余烬还在
我们体味这克制的暖，而眼角湿润
仿佛这是另外的，多出来的一生

2020. 5. 12

隐秘的爱

有一种爱，在于无尽地挖掘与索取
反复地试探与怨憎
只有在对方身上，方能看见
那种淋漓尽致的，爱恨与撕咬
请进——
到我的心里，坐一坐罢
现在，我狭窄的心底
除了微蓝近乎透明的悲伤
全是你

2021. 1. 23

被 爱

如果来看我，请带一支玫瑰
墓前寥寥几支玫瑰
会告诉每一个经过的陌生人
我虽然已不在人世
但我依然，被少数几个世人
深深
爱着

2021. 1. 4

辑五

野花、构棘及其他

野花、构棘及其他

蜿蜒而下的溪水旁并没有见野花
山姜和花魔芋，正在暮春中开败
石块在河床里闪光，清澈见底并映出鸟鸣

构棘的淡黄的果实，是一粒粒
女人旗袍上的盘扣，每解下一粒
琉璃蛱蝶贵妇般的宝蓝
与丝绸黑的身子，就战栗一次

在这条通往九连山自然保护区的山路上
我听见了暮春的第一声蝉鸣
"给给"的泥蛙声，至芦苇丛的中心扩散
鼓着大肚子的蜥蜴
受到惊扰，一下子蹿到灌木丛中

以及在溪流滩涂上，正晒着太阳
翩然的蝶群，黑蚂蚁如小奴
搬运红色悬钩子果实的甜汁
阔大的苎麻叶上一对天牛正在交尾

我看见它们，忙碌欢快地

靠近又远离，它们对这个世界的深情
甚过我们

2021. 4. 13

访稠溪怀古

稠溪是在一瞬间苍老的
它猛一跺脚，一条白绫飘落于眼前
寒气从每一片残垣断壁中袭来
这寂静，自石板青苔的形迹中剥出

一扇漆绘窗把自己卸下
疲困地靠在门槛上
梦着朝士骑着高头大马衣锦还乡
这里的草木、破楼、溪涧
都有沉郁而古老的寂静
探入它七百余年的枯肠

在它枯槁的骸骨上，走上走下
我不知身是归人，还是过客

2019. 2. 3

只有这条小河醒着

坐在收割后的田垄上，就像一摊
垂垂老矣的肉身遁入土地
等着静谧的地平线上，发出一声
光的太息，河畔上一棵槐树
有自己粗犷的语言

干枯的枝丫，像晴空里的黑色闪电
健硕的麻雀，立在四条平行的电缆线上
它们在岁末的光中集体打盹

只有这条小河醒着
从枯草地上清澈流过

2019. 2. 3

印象雅溪

我感到一种湿漉漉水汽
在一棵挂满青枇杷的树上
紫叶李的果实上，也在那棵玉兰树上

一缕炊烟，在远处。如残缺的手迹
茫然地站在围屋的天井下
时间荏苒，只徒留青苔窘迫的呼吸

石径旁的紫色鸢尾，弥散着时间的清寂
直到桃江河、梅子山，赫然移到我们面前
面对一碗滋味丰富的客家擂茶
诗人李元胜奢侈地，想在擂茶里
下面条或煮饺子

2021. 4. 13

空山鸣啼

背对一棵开满穗状花的甜槠树
我的内心布满皱褶
当我弯腰去捡一串花穗

抬头看见，一众僧侣正在做下午课
一个端严、慈眉的菩萨
站在他们中间。两只蝴蝶下山抬水
不知名的鸟在空山鸣啼

在天龙寺的廊下，群山水洗过似的
我们怀着不同的心事，静静面立
两棵枫香树，在风中窸窣作响

2021. 4. 13

叠山书院

小雀的啁啾声是幽绿的，柏树周身爬满青苔
我走近这寂静，是为了
在沉默中，领会无穷的寂静
当我聆听，米粒大小的樟树花在
树荫的清凉中，雨丝一样斜飞滴落

而合欢花提着粉色裙裾，拥围着我
从斑驳的长廊下延伸过去的
一条石径布满苔藓，让人不忍踩踏

我的心如翅扑腾，穿过两百岁的桂花树
伞状浓密的枝丫，站在这片阔寂中
聆听众树喧响背后的缄默

2021. 5. 20

车过泰和

我看见远处的斜坡上
一蓬蓬白茶花，在墨绿的枝叶间
像玻璃碴子闪着光
信号塔错综复杂的缆线
编织着初冬的猎网

灰鹊蹦跳，在猎网上跳踢踏舞
列车，像冲出洞穴的蟒蛇
一头就要撞进巨大的猎网中
我们在猎物的腹中
蒙着口罩，只露出一对眼睛
满怀警惕、惶恐与忧戚

我们是猎物胃中无法消化的硬物
前排邻座的乘客，猛地拉下遮阳帘
世界隔断在窗面，瞬间扑灭了我

2020. 11. 13

潦河印象

穿过耕香村的一片竹林，以及
老屋旁散落的，柿子树、香樟树、苦槠树
潦河就羞赧地，扭着腰肢走到我们面前
天空涌动着一件蔚蓝的披肩

在潦河畔，老妇浣洗衣物清洗竹簸
她们蹲下去，她们古铜色的皮肤上
漾起银色的波光。撑竹筏的老者
笑容憨厚，他拖着一个捕鱼网笼

用我听不甚懂的奉新话答：捕了几只虾子
河虾在网笼中摆尾跳跃，潦河那样安静
幽绿多情的水草在它的怀里
岸上年轻的芦苇，在阳光的照耀下
竟闪着一种金属般的灰青色

2020. 11. 18

耕香院

凛冽的冬天，还没有到来
一蓬蓬黄菊，后退着开到了明末清初

在耕香院朱红的门前
我是朱耷笔下的，一柄枯莲
立在月色里，时间默默行走摧枯拉朽

后山清凉芭蕉还绿，在逐渐散开的
旷寂中，隐约瞥见一个头顶凉笠
如同灌满萧索秋风的背影

抛却家国辎重，扬起眼眶深处的潦河
众鸟噤声昏睡，只有鳜鱼的白眼
是醒着的

2020. 11. 18

梧桐书院

只有寥寥几个人
在梧桐书院侧边的荒野上
看见一只白鹳平展大翅滑翔

旋即落在荒野中心的一棵树的顶端
它对视着远处的梧桐山
以及梧桐山接住的一片洁白的云
许久，像白鹳　标本一样静止不动

它的身体内注满了力量，它的耳朵
捕捉风过荒野的声响
它静止得太久了，以至于我期盼的眼神
总落在它的阴影里

2020. 11. 18

济美石牌楼

暮晚，收割后的田野突然弯曲
济美石牌楼如一个
万历年间的女子，在潦河边的梳妆台
梳洗照镜宛若神明。夕光的映射下
她焕发着一种精致的、让人耽留的美

挑檐抵入柔软的天空
双钩石刻在青石上滚跳，精美的纹样
犹如意蕴丰富的一首婉约词
当你把她凝视，不朽的美
石头永恒的属性
让我们的呼吸变得洁白而轻盈

2020. 11. 18

一只碧蓝的蝴蝶

无以计数的水滴，从冠印潭的山涧高崖
推搡尖叫，一跃而起
形成气势磅礴的坠落，犹如天空
泄下的一道白色光束

飞溅起坚硬的水沫，撞击山谷声若雷鸣
山林里每一根枝条，每一片叶子
都为之战栗，唯有梦中的

一只碧蓝的蝴蝶，安静地停在
低垂拖拽的、新娘白色婚纱的裙摆上

2020. 11. 18

篝火夜

收割后的田垄，依然是虚晃的金色
阔远，潦草。延绵至青山脚下
一排排棉桃，在乡道一侧嘟噜着白唇
灰扑扑地等待采摘

稻田已结束分娩，我们在她空空的腹地
燃起一堆篝火，火星蹿升破开夜色
每个人心里，都跳跃着一朵小火苗
偶尔从篝火的谈论中心，撤离出来

黑暗的旷野中有微弱的虫鸣
狭长的芦苇叶片，一层薄薄的露水
仰头看见，天幕上的星粒渺远明灭

夜空下一群可爱的人，被篝火染红
当篝火熄灭，他们投到夜色中
每个身体，都发出红珀般的幽光

2020. 11. 18

旅途愉快

赣江日暮下的粼光，无法带走
白薇花树上，一对长尾雀求偶时的啁啾
无法带走，275km 时速的沉默
"我们在房子里打瞌睡，或沉湎于
手机里的快餐娱乐"。窗外移动着
绿色的稻垄，以及田垄间一方凋敝的荷塘
飞快疾驰的还有民房、信号塔、葱茏的矮山
当列车越过一片冷杉林
平行了很长一段时间的铁轨
突然被掐断。雾气逐渐笼罩田野
远山上的风力车，转动它的扇叶
雨被疾驰的列车，撞击成细碎的水雾
然后被一阵风吹散

2020. 8. 21

梅　岭

我要感谢唐朝的厚赠，赠予我
一枝白梅的清幽，一朵瘦骨嶙峋的碎雪
古驿道上，一颗石头，万千石头
在苔藓的缝隙里，抱病。语焉不详

一定有半卷灯火，在驿站的
一堵青砖底下明灭，一定有众多瓷片
划破了即将降临的暮色。一人孤立
在白雾轻笼的弯道上，饮马休憩
举目苍穹，于满天星子隐约的微光中

洞察了时间的秘密。鹧鸪跌落在芭蕉叶上
回声越来越微弱，群峰径直退到漳江之滨
山河阔远，古道在凄冷的风中漂移

他勒马上路，即便月亮就要升起来
即便梅花的香气一再挽留

2020. 1. 19

在流坑

在流坑，喜鹊向乌鸦问安
黄狗趴在古巷中间，静静地晒着春天的太阳
乌江有凉意，沁入古樟老朽的身子里去
斑驳的日影，一头扎进蕨草的罅隙

我在水洗过一样的天空下
摸着寂寞得发光的窗框，毛玻璃映出鸟影
马的嘶鸣，滑过拴马桩上的凿孔与壁藓

我是那个
眉清目秀的少年郎的说媒人
大公祠废墟上的毛茛，开得像
邻家的董小姐

2020. 3. 21

登魁星塔①

一丛丛地苓，生于断壁处
瘦小的青果摇摆在绿叶之顶端
将萎的白蜡木的紫色花朵
嵌入苔藓遍布的石砌墙，从山上
拾级而下，一树玉兰露出半透明
象牙色的花朵，时有跌落

并在风中挽住了我们
仿佛香气中掺入了清酒和糖
来，坐在树下喝一杯吧
裂痕延伸的水泥地上
一只颀长的黑蚂蚁，侧倾着脑袋
踉跄地爬行至树冠的凉荫处

花落刹那。身体沉默而空旷
蓝色的淡影，兑入头顶的天空
举着虚无的酒杯，作为它们的买主
我仅有几枚空瘪的诗句

2020. 6. 29

———————————

① 魁星塔，旧名奎星阁，位于大余县东山岭巅。

上傅村

当我们去向这个小村子，发现雨后
茂密的蔓藤从房顶悬垂，遮蔽老屋的右鬓
淡绿斑驳的苔藓，从意念的纹路
爬满青砖的缝隙，除了蒲儿根、野枇杷
还有竹林，阵阵汹涌安虞的绿

此刻，有人从背山的竹林坡地
沿着小瀑布走下来。像一阵微风
经过我们，经过悬崖下边新栽种的文青林
挂在门厅前的秤杆①
压住了积雨云。村头遒劲的古樟手臂

延伸至溪流的另一侧，孩童在溪流里戏水
我们从山野返回村子，站立在溪流的石阶上
年老的妇人递给我们一把衣刷
以清洗鞋上的新泥。她湿漉漉的目光
像雨后的空气

2020. 5. 22

————————

　　① 上傅村习俗，如遇暴雨洪灾，村民们在门厅旁悬挂一把秤杆，即能雨停风歇。

暮　春

在学府路
一个女孩儿背着书包，蹦跳着
高高束起的马尾辫上的
红色发带在风中追逐
一只麻雀，阳光下膨松的灰色细羽
玻璃碎粒一样闪耀
道路两侧的枥树呼啦啦地
——铺排着浅绿和微黄
时至暮春，花已开过
人生赋予的意义在于，消逝与永恒同在
我怀着发现事物的欣喜
不得不从内心掏出一条新鲜的
尚未命名的支流

2019. 4. 26

登八卦脑山

青山陡峭，一只鹰俯视人间
映山红在山峦、峡谷、崖石的缝隙炸开
在绝境疾走，又在绝境中从容不迫
歃血为盟，贴着群山的心跳
她们如众多的少女少妇
在春天的、植物香气的绒毯上复活
于群山的肃穆宁静中引火自焚
母性躯体内的经血，铺在白色的云雾上
一阵暴雨瓢泼而至，从山顶
把我们往尘世的灰烬里摁
云海在风中一再倾斜
像一个隐秘的旧址

2019. 4. 25

与诗人在琴江漫步

——兼致王家新

浑黄的琴江水正在返回

赣江的源头。一行诗人

沿着夜晚的琴江，在她的惮念中相谈甚笃

雨果的莱茵河，策兰的塞纳河

曼德尔斯塔姆的沃罗涅什

阿赫玛托娃青春的吊桥……

诗人内心都有一个幽静的渡口

吞吐着船只和波浪，江风揉捏着诗人的影子

滩上的水草与芦苇一阵惊悸

我们凭栏伫立

夜空中的一轮月亮，正慢慢移开遮蔽

笼着云霞的花边光晕，照耀我们

2019. 4. 27

太阳山

我的灵魂回返在起伏的湖滩
那浩荡的，壮阔的芦花在风中
托举一颗太阳的头颅
我想躺在青青苇草如大地垂下的长发上
倾听幻觉中的露珠、雪白的芦花
填满我的身体。巨大的困倦连同血肉之躯
的消弭，使我的身心幻化为飞鸟起起落落
而现实是，我们始终沦落于生活的泥潭里
"当我开始审视生活，所有生活的意义消失了"①
就像我让无名指上的婚戒，落在了地板上

2019. 11. 24

---

① 引自佩索阿诗句。

梅源水库半日

他坐在孤岛的乱石上，持一根鱼竿
垂钓一镜斑斓。深红浅红或靛蓝阳绿
揉捏着。河床与天空的两段布匹
两棵红枫喊着对方的名字
害怕惊动水底的鱼群，小心地压低着火焰
群山在水中升腾的雾气里
一会儿静止，一会儿流动
不同的野草，深一脚浅一脚地奔跑
流向滩涂的蓼子花溪，深陷自己的寂寥
一管荻芦伸向水面，有完整的白颅

2018. 12. 4

梅　关

这里的春天有短暂的情欲
梅花有忠贞不渝的宿念
一只黑色的幼虫在她的蕾里
她小小的花蒂被一只蝴蝶抚弄
每一瞥春山，都端坐着一尊菩萨
我的草木之心被南风吹拂

它一直这样吹——
梅花，自半山凉亭的檐角纷纷跳荡
在无数个万物生的春天
她们怀有一颗赴死之心
一条落花古道，令人肝肠寸断

2019. 2. 16

春　寺

在这个春天，我一再写到燕子
灰雀，喜鹊，她们银质的嗓音里
包裹着一粒欣喜若狂的种子
在它们眼里
春天的发明，就是它们的发明
春天的富有，就是它们的富有

两个女人，在通往寺院蜿蜒的山路上
像拖着烟雾的两个香头，变灰，变淡
春天除了迅猛的生，还有速朽的死
大殿外，几枝桃花开成菩萨的眉眼
刀斧的利刃，迟迟没有砍向她

2019. 3. 23

春天的喉咙

一整个下午。燕雀在阳台的铁栅栏外啼唤
声音清越，跌宕。拐弯和升降调
一个临时组建的小合唱团，配合默契
我想它们的喉管里一定有金属弹片
才能发出如此颤抖的声音

我在它们的弹奏中，褪去喑哑
在一团清凉的空气里更新了自己
我想擒住它们的喉咙，哼自己的小调
迷恋对春天的想象，着春衫的女子们
隐隐扭动的河流，燕子的飞翔
旷野跑马，垄上奔袭的青葱和鹅黄

2019. 3. 7

苏步街
——兼致苏东坡

早春的苏步街，仿佛一滴雨水
一样安详。几枝桃花，从陋巷
从庭院，从老檐，踮着脚跑下来
在花香涌动的街头
灰雀跳跃的古柳下
我荆钗布裙，当炉卖酒
我的酒，香啊——
子瞻兄，九百年前我也是这样
等你——
我们推杯换盏，相见恨晚
此番你去不了岭南了
就沦溺在我桃花酿的酒香里

2019. 2. 28

中央公园

一只金黄的老虎沉默
仿佛他的生命里未曾有过语言
空有斑斓的皮毛，内心谦卑清白
放下王的身段，用乞讨的姿势
凡是低俯的深嗅，都是情至深处

英雄帝王为一个美人
视江山为粪土，家国为鸿毛
在中央公园
我看见一个莽汉
把鼻息轻轻凑近一朵山木蓝

2018. 11. 26

赞 歌

各种乐器发出的声音拧在一起

小提琴曲《鸿雁》、古筝曲《西江月》

钢琴曲《噢，苏珊娜》

吉他重奏《斑马斑马》……

节拍器反复打着拍子 1、2、3、4

我坐在等候室的沙发上

翻开米沃什的《赞歌》，读第一行：

"在你我中间没有别人。"

而一只淡绿色的小草蛉

被钉在书页中

2018. 12. 16

铜钱草与黑陶罐

太阳光线
从细波纹状的边缘切割它们
一种水绿掺入另一种铜绿
隐约听见摇橹声
从黑陶罐的罐底浮上来
一个人立在江畔等待舟渡
一直等你等到黄昏，如等不来
他千金散尽，然后消失在茫茫水雾中

2018. 9. 9

因为活不成一首诗，所以写一堆灰烬

周　簌

　　写下这个题目的时候，我脑海里满是那些充满着诗歌的昼夜，那些向黑夜倾斜的诗歌世界。我在一盏昏暗的台灯下，进入形形色色语言的迷宫，有时候遇见拍案叫绝让自己心动的词句，有百爪挠心的惊悸。因为读诗和写诗都是在夜晚进行，所以我每天盼着夜晚早点到来。只有在夜晚，才能更接近灵魂的呢喃与倾诉。近两年，只要停下手中的笔，我就很容易患上焦虑症，当落笔成行，在纸上写着，就能很大程度缓解这种焦虑。我自诩是一个有严重焦虑症的诗歌写作者。是的，我是一个诗歌写作者。至今，我还不敢自称诗人。"诗人"这个名号，在我心底是神圣不容亵渎的。时间的脚步从不曾停下，我们身处其中，仿佛沙粒一样渺小。我们是芸芸众生中的一粒沙尘，在这个世界我们客观存在着。所以，就不必太较真。你写着，你爱着，就对了。

　　我是一个在写作上没有太大野心的人，我一直认为诗歌可以与自己交流。作品不广为人知并不妨碍你成为一个好诗人。但一位很有野心的作家朋友告诉我，好作品应该影响更多的人，以点滴力量改变社会，所以需要通过媒介传播。如果写了之后，压在箱底，再好的作品也不过是一堆陈腐的纸张。对此，我不置可否。但我相信好作品不会被时代埋没。真正有不朽价值的文字，能历经时间的淘洗，从尘埃里蹦出来，像一粒钻石一样熠熠生辉。我读到一些伟大诗人的作品时，迅速跌入了冰窖：写诗，还有什么意义呢？尼古拉斯·迦科波恩在《失败笔记本》中写道："历史上那些伟大作家们所做的唯一的事情就是把我们都毁掉。可我们无法躲开他们，同时，除了被他们毁掉之外，我们也别无选择。"

博尔赫斯在《你不是别人》中这样告诫我们："你手写的文字/口出的言辞/都像尘埃一般一文不值/命运之神没有怜悯之心/上帝的长夜没有尽期/你的肉体只是时光，不停流逝的时光/你不过是每一个孤独的瞬间。"第一次读到，我感到浑身战栗，好似穿越时空的一道寒光打在我每一粒凸起的毛孔上，我感到虚脱，无力，以及莫名的欣喜。百年之后，我们依然轻易领受了这些美丽的、迷人的、散发着智性深度的隐喻性语言。还有写下去的必要吗？如果不能设法写得更好，那为什么还要写？我简直开始自我放弃了。因为它们没有任何意义，终将湮没在历史的洪流当中。因为诗歌的无用，因为自己能力、学识、眼界以及体知的局限性，即便穷尽一生时光也未必能抵达诗歌的高地。我就是一个平常得不能再平常的"孤独体"，在幽深阔远的背景中，向大自然取经。在晨雾中听鸟雀振翅的声音；在夕阳亲吻远处田野时，看绛红色的流云在天边舒卷飘荡；深秋的白茅铺排在大地的纵深处，一个女人孤独的身影静坐河边……这样看来，人人都有相似的孤独。这种孤独并不是寂寞，聪明的人会从内心剔除多余的欲念而保存爱与恨的能量。

写诗是为了抵抗什么？我们无时无刻不在"生活中"，或许是为了抵抗"生活"中日复一日的平庸与乏味，找到一种适合自己的表达方式，以把细小的欢乐和感动，以及对生活的自我妥协，收集起来记录在纸面。尽自己所能，写下你所看见的，所感觉到的。我不知道我想从中得到什么，它也许是一个虚妄的错觉，但我愿意为此耗尽自己平庸的才华。写诗，只是出于一种强烈的心理需要，你既然需要它，就不应该借此获取更多的名声。一个好诗人的名声，是尾随作品应声而来的，绝不属于那些恬不知耻的自我炒作者。这样想来，自己还有很长很远的路要走，不免又自我安慰起来：不要急于求成，诗会写你，时间会写你。我们总是从伟大的诗人那里啜取他们思想的精华，艾略特说："但凡诚实的诗人，他都不能确定他写的东西有永恒的价值。他有可能白白地耗尽一生却没有什么收获。"所以，除了灵感的风驰电掣天然偶成，我们要有足够的耐心，去等待一首好诗。

写诗已有十年了。2019 年 7 月出版了第一部个人诗集。当我摩挲着诗集的封面，眼泪几乎就要夺眶而出。这种感觉有点像我第一次当母亲，摸着刚出生的孩子。我家先生，从不读我写的诗，经常在朋友面前打趣我与他是两个世界的人。他那天的表现出乎意料，特别愉悦与兴奋。他坐在我对面，一个劲地剥着塑封，递给我签名。这些数量不多的诗友订购，让我由衷地感到心安，以诗相见的那种惺惺相惜的感觉油然而生。他甚至在同学面前显得很骄傲，宣称帮我卖诗集，但最后诗集都是免费赠送给了他的大学和高中同学，并郑重要求我签名。他的转变，让我有点小小的吃惊。早些年我写诗，他很反感。当我沉迷在诗歌当中时，他总会把一本病案或医学方面的书籍扔在我面前，并劝诫我，精专业务才是生活首要，为这些虚无缥缈的东西浪费时间，不值得。我自我辩护道，何谓值得？没有一本书告诉我们，人的一生，什么值得，什么不值得。当你在文字中安顿了自己，获得心灵上的宁静与救赎，这就是值得。几年下来，他深知无法扭转我这一沉迷的爱好，只好作罢并坦然接受。从某个层面上来说，我要感谢他，感谢他免我心忧，免我苦困，免我颠沛，免我流离，让我可以在相对宁静的生活状态下继续自己的爱好，让我摒弃生活中鸡毛蒜皮的琐碎小事，追寻个人精神场域的自由。

生命转瞬即逝，人生就像是赴一场虚无的邀约。相对于昙花一现的生命，文字是永恒的。文字被记录下来，或许能替代你在这个尘世留下一抹浅浅的印记。我很享受一首诗选择措辞以及节奏确定的过程。一段话、一个词语反复调整删改，直至它们妥帖地被安排在属于它们自己的位置上。我们中的很多人是因为活不成一首诗，所以写一堆灰烬。基于此，我只为此刻的灰烬而写。一首诗歌写出来后就不属于诗人自己了，它属于那些需要并且理解它的人。那么，就写一堆灰烬吧。起码它燃烧的过程中所释放的热度，曾经温暖过一颗孤寂而颓废的心灵。但愿，它只为自己的心灵负责，偶尔取悦读懂它的少数人。除此之外，它的回应是微茫而虚弱的，不打扰到任何无涉的人。英国诗人丁尼生的一首诗中这样写："我视这为真理/不管将来发生什么事情/我体会它/在我悲愁的刹那/宁愿爱过而丧失/总好过从未爱过。"对于一位诗歌狂热者来说，何尝不是如此？宁愿爱过而丧失，总好过从未爱过。

图书在版编目（CIP）数据

在我的故乡酩酊大醉 / 周簌著. -- 武汉：长江文
艺出版社，2022.12
ISBN 978-7-5702-2910-9

Ⅰ. ①在… Ⅱ. ①周… Ⅲ. ①诗集－中国－当代
Ⅳ. ①I227

中国版本图书馆 CIP 数据核字（2022）第 170177 号

在我的故乡酩酊大醉
ZAI WO DE GU XIANG MING DING DA ZUI

责任编辑：谈　骁　　　　　　　责任校对：毛季慧
封面设计：璞　闾　　　　　　　责任印制：邱　莉　　王光兴

出版：　长江出版传媒　　长江文艺出版社
地址：武汉市雄楚大街 268 号　　　　邮编：430070
发行：长江文艺出版社
http://www.cjlap.com
印刷：湖北新华印务有限公司

开本：880 毫米×1230 毫米　　　1/32　　印张：7.125　　插页：4 页
版次：2022 年 12 月第 1 版　　　　　2022 年 12 月第 1 次印刷
行数：3816 行

定价：58.00 元